遠慮深いうたた寝

小川洋子

遠慮深いうたた寝　目次

I

遠慮深いうたた寝

II　手芸と始球式

III　物語の向こう側

IV

読書と本と

遠慮深いうたた寝

I

遠慮深いうたた寝

携帯電話で話しながら歩いている人とすれ違う時には、注意が必要だ。ちらっとでも話の内容が耳に入ると、気になって仕方がない。

つい先日も、スーパーからの帰り道、重いエコバッグを提げ、坂道をよろよろ登っていると、前方に一人、お嬢さんの姿が見えた。お洒落《しゃれ》なブーツを履き、長い髪をふんわりカールさせた可愛らしい人だ。その彼女が携帯電話を持ち、こんな幸せなことがあっていいのだろうか、という笑顔を浮かべながら、ほとんどスキップしそうな勢いで近づいてきた。

「……うん、例の集会……とてつもない胆石……告白されたわ」

私の耳に届いたのはそれだけだった。集会、胆石、告白。これだけを残してお嬢さんは笑い声を上げつつ遠ざかっていった。

なぜ胆石なのに、しかも、とてつもない胆石なのに、彼女はあんなにうれしそうなのか。それがまず引っ掛かった。もっと重篤な癌《がん》のような病を心配していたら、手術で治る胆石だと判明してほっとしたのか。いや、それではあまりにも単純すぎる。曲がりなりにも自分は作家なのだから、もう少し繊細な想像が必要な気がする。

もしかするとここで重要なのは、胆石ではなく、告白ではないだろうか。あれくらいの若い女性にとって魅力があるのは、やはり告白だ。胆石では地味すぎる。意中の男性からプロポーズされるという、人生でそう何度も出会えない体験をしたからこそ、彼女は舞い上がってしまった。相手はとてつもない胆石の持ち主だけれど、そんなことを忘れさせるくらいに素晴らしい男性に違いない。

　と、ここで集会が気になってくる。青年会、町内会、山歩きの会、タイガースを応援する会、集会にもさまざまある。彼女はその集会で男性と知り合ったのか？　いや、駄目だ。また平凡なストーリーに落ち着こうとしている。世界はもっと複雑なはずじゃないか、と私は自分に言い聞かせる。

　それは胆石でアクセサリーを製作する集会なのだ。体内の奥深く、何年にも渡り、コレステロールやカルシウムによって形成された石は、皆独自の色と形を持っている。男性は自分の肉体の一部とも言えるその石で婚約指輪を作り、彼女にプレゼントした。これ以上の愛情を示すプロポーズが他にあるだろうか。そう考えれば、彼女の喜び方も納得がゆく。今でもどこか公民館の一室では、自分の胆石を指輪やネックレスやブレスレットに加工している人々がいる。

　いずれにしても、彼女には幸せになってもらいたいと思う。とてつもない胆石の指輪が二人の永遠の愛の証になってほしいと願う。そう願いながら、家までの長い坂道を登る。そこには書きかけの小説が待っている。

地雷だらけの世界で

朝、新聞を開く。当然のことながら、世界を揺るがす大問題からささやかな出来事まで、ありとあらゆる記事が載っている。

大きな文字の記事に、私の目はあまり深入りしない。それなりに読むだけ読んで、通り過ぎる。逆に、小さな記事は素通りできない。放っておくと、小さな文字へ小さな文字へとどんどん吸い寄せられてゆく。

学校の先生が体育教官室でスパゲッティを茹《ゆ》でワインを飲む。電車の車掌が乗務中に携帯電話をいじる。ペンギンが動物園を脱走する。警察官が証拠品を紛失し更にそれを捏造《ねつぞう》する。親切で腕がいいと評判の医者の無免許が判明する。誰かが公園にサメの死骸を捨てる。

何とまあ世の中には多くの悪事があふれていることか、と私はため息をつく。毎日どこかで誰かが、警察の厄介になるようなことをしでかし、こうして新聞に書かれている。一日たりとも無事で平和な日などないではないか。全く嘆かわしい限りだ、とつぶやきつつ、ふと私は心配になってくる。

別の見方をすれば、この世は数えきれないほどの、やってはいけない事柄によって満たされ

ている、ということではないだろうか。勤務中のお酒やゲームなど以っての外。大事なものを失くしたら正直に告白しなければならず、動物園の柵は高く頑丈に作っておかなければならない。免状を偽造するのも、指定の場所以外に巨大すぎる生ゴミを捨てるのも禁止。

　こんなにも禁止だらけの世の中を、今自分が生きていると考えただけでぞっとしてくる。「お前は大丈夫なのか？」と自分に問いたださずにはいられなくなる。

　これまで一応事もなくやってこられたのはただの偶然で、油断すればすぐさま私も、新聞の片隅に載るような悪事を働いてしまうかもしれない。悪気はないのについ、どこか不適切な場所でスパゲッティを茹でてしまう可能性くらい、いくらでもある。特に私のようにぼんやりした人間が、どうしてこの地雷だらけの世界を無事に乗り切れるだろうか。そんなの無理に決まっている。

　どんどん不安は増殖してゆく。職業柄、私が最も陥りやすい穴は、盗作ではないだろうかという予感がする。自分で思いついたと信じ込んでいる小説のアイデアが、実は昔読んだ誰かの本の記憶なのだ。そうとも気づかず愚かな私は小説を発表する。インタビューを受け、それを執筆するのにどれくらい苦労したか得意満面で答える。

　しばらくして電話が鳴る。見ず知らずの相手は盗作の事実を告発する。私をののしる。私は絶句して立ち尽くす。

　だから新しい小説が本になってしばらくは、電話が鳴るのが怖くてたまらない。

二十代の頃、洋服のセンスや食べ物の好みが古臭く、〝明治の女〟と呼ばれていた私であるから、十分予測できたことではあるが、案の定、平均より早いスピードで老化が進んでいるようだ。例えば先日、仕事の現場で三浦綾子さんの「氷点」が話題になった時。何度もテレビドラマ化されている中で、登場人物をどの俳優さんが演じたか説明しようとしたのだが、誰一人としてスムーズに名前が出てこない。

「足が自慢でミニスカートを履いてた元アイドルの神戸出身の人」（正解は浅野ゆう子）

「カンニング事件が取り沙汰されて、血がワインでできてる人」（川島なお美）

「光ＧＥＮＪＩの元メンバーと結婚した女優のお母さんで、今は引退してアメリカに住んでる人」（内藤洋子）

どこまでいってもこんな調子だった。しかし相手をしてくれた若い人たちが、私の回りくどいヒントから、的確に名前を言い当ててくれたので助かった。

もう一つ衰えを感じるのは、デパートの地下へ足を踏み入れた時である。そもそもデパートのような、流行の最先端をゆく場所自体が苦手で、滅多に近づかないのだが、特にあの地下の

食料品売り場は強烈すぎる。エレベーターを降りた途端、食物たちの発するあふれる熱気に圧倒される。確かに、ケーキでもパンでも焼き豚でも串揚げでも、全部美味《おい》しそうだ。お洒落《しやれ》だし工夫が凝らされているし、種類もさまざまある。しかしわくわくするのはほんの一瞬で、すぐに私は落ち着かなくなってくる。これがいいかなあ。あっちも捨てがたいぞ。いや待てよ……とぶつぶつ言いながら歩いているうち、少しずつ本当に自分が欲しいものが何なのか、分からなくなってくる。

　私が求めているのはお客さんにお出しするお饅頭《まんじゆう》だ。甘くて、丸くて、一口か二口で食べられる、ただのお饅頭なのだ。なのになぜここには、これほどたくさんの種類のお饅頭があるのか？　本当にこれだけ必要なのか。もう少しほどほどということについて考慮すべきではないのか。

　気がつくと私は和菓子売り場に立ちすくみ、見えない誰かに向かって抗議している。皆がそれぞれ自分に最も相応《ふさわ》しい品を見つけ、買い求めているそばで、私一人が取り残され、どうしていいか訳が分からなくなっている。お饅頭一つ買い物するのにぐったりと疲労している自分の、体力と決断力の衰えに、愕然《がくぜん》としてしまう。

　それでもこのまま帰ったのでは意味がないので、仕方なく買い物をする。さんざん迷った割りに、結局私が手にしているのは、別にデパートで買わなくても近所のスーパーにいくらでも売っている、平凡なお饅頭だ。

　パリでユダヤ人が一斉検挙された日、その方が安全だと思い、十歳の姉は弟をアパートの納戸に鍵を掛けて隠す。しかし、収容所に送り込まれ、もう家には戻れないと知った姉は、弟を救出するため、鉄条網をくぐり抜けて脱走を試みる。警官に発見され引きずり戻されそうになった時、彼女は

「ジャック」

と、警官の名前を口にする。誰かがそう呼んでいたのを覚えていたのだ。

「私はサラ・スタルジンスキ」

　そして警官に握手を求める。

　ホロコーストの犠牲になった少女の悲劇を描いた映画「サラの鍵」の一場面だ。この時の、サラの表情が印象深い。そこにはもはや涙も恐怖もない。ただ弟を救い出したいと願う心だけが彼女を支えている。だからこそぎりぎり追い詰められた状況で、泣いて懇願するでもなく、混乱に陥って叫ぶでもなく、毅然《きぜん》と右手を差し出しながら名乗るという、人間的な態度が示せた。

少女の名前、サラ、を知ってしまった警官は、結局彼女を逃がすことになる。名前にはそれだけの力がある。

例えばサイン会で、並んでくださった方々のお名前を書く時、とても緊張する。もちろん間違えないよう慎重にはなるのだが、それ以上に、初めて会う人のお名前を、ほとんど言葉も交わさないまま自分の本に書き付けてゆく行為自体が、ただならぬ緊張を呼び起こす。一字一字名前を書くことで、その人の存在の最も深い一点に触れてしまうような気持ちになる。

おそらく私は目の前の方と二度と会うことはないだろう。この名前を口に出す機会もないだろう。しかしひとたび自分の手で、しかも自分の本に書いたからには、名前に潜む体温に、私は触れたことになる。そんなふうに思いながらサインを続けているうち、数々の名前の手触りで、次第に掌《てのひら》が熱くなってくる。

きっとサラを見逃した警官ジャックの掌も、鉄条網で傷ついた痛み以上に、サラ・スタルジンスキの名前がもたらす体温で熱くなっていたに違いない。

それほど大事な名前なのに、私は自分の小説の登場人物たちにほとんど名前をつけたことがない。アルファベットやニックネームで通したり、小父さん、令嬢、技術士、などという呼び方で誤魔化したりしている。

なぜだろう。たぶん私も彼らの名前を知らないからだ。私は彼らの物語を書いているだけだ。人生で唯一、自分自身の証拠となる名前を授けられるのは、その人を一番大事に愛している誰

かであって、作家ではないのではないだろうか。と、余計な心配をしているうち、いつしか名前を考える間もなく、勝手に物語が動きはじめている。

ショパンと少年

何気なくテレビをつけたら、クラシックの演奏会を放送していた。曲目はショパンのピアノ協奏曲第一番だった。ピアノの独奏者はまだ十代の少年だ。オーケストラのどのメンバーよりも、もちろん指揮者よりもうんと若い。

本来、協奏曲というものはすべてそうなのか、あるいはショパンのこの曲が特別なのか、スタートして以降、オーケストラだけの演奏時間が結構長い。ピアノが合流する部分がなかなかやって来ない。少年はピアノの前に座ってじっと待っている。両手を膝の上に載せ、不安も緊張も見せず、健気《けなげ》に鍵盤に視線を落としている。

その間も音楽は続いてゆく。バイオリン、チェロ、クラリネット、ホルン。さまざまな楽器担当の人々がそれぞれの音を奏で、指揮者は早くも額に汗をにじませながら、気持ちよく棒を振っている。

それにしても少し、長すぎないか？　ふと私の胸に小さな疑問が宿る。ピアノ協奏曲なのだから、いつかはピアノが合流する。それは当然だ。しかし、万が一、もしもこのままピアノが入りそびれたらどうなる？　私は指揮者を見る。彼はまるで少年の存在など忘れたかのように、

半ば目をつむり、オーケストラにばかり気を取られているじゃないか。今度は少年に目をやる。そこで私は恐ろしい事実に気づく。ピアノに楽譜が置かれていないのだ。

たとえプロとはいえ、まだあどけなさが残る少年だ。ふっと魔が差し、意識が飛ぶことだってあるだろう。楽譜もなく、耳打ちしてくれる助っ人もなく、少年は今、途方に暮れているのではないだろうか。

私は子供の頃の縄跳びを思い出す。ぐるぐる回る長い縄の中へ、タイミングを見計らってぴょんと跳んで入る遊びだ。私はあれが苦手だった。今だ、と思った瞬間、縄は脅すように私の顔面をかすめて空気を切り裂き、次こそと決心した時には地面を叩きのめしている。そのうちあたりには、ぐずぐずしないでよ、という雰囲気が漂いはじめ、それがいっそう圧力となって私を金縛りにする。

大丈夫よ、と私は少年に語り掛ける。タイミングは一瞬ですもの。こんな大勢の大人に囲まれて、怖くなって、つい入りそびれてしまったとしても当然。気にすることないわ。私なんか何度やっても上手く入れなくて、しょっちゅう皆をうんざりさせてるの。

と、その時。ついさっきまで途方に暮れていたはずの少年が、身を乗り出し、長い沈黙を打ち破るように勢いよく鍵盤を叩く。一気にピアノが主役に躍り出て、オーケストラを従える。指揮者は少年に微笑を送っている。

ああ、よかった。安堵のため息をつく私の両足には、縄が絡みついている。

幸福な彼ら

最近、週に三日ほど、近所の公園を十周走っているのだが、その十周を間違いなく数えるのが案外難しい。指を折っていても、走っている途中で気がゆるみ、チョキだったのがいつしかグーになっていたりして、すぐわけが分からなくなる。仕方なく苦しい息の中、「一周…二周…」とつぶやきながら走る。やがて、ふと気づくと、つぶやきが「五枚…六枚…」になっていて自分でも驚く。書けた原稿の枚数を毎日数え続けてきた習性が、こんなところにまで出現するとは、私も歳《とし》を取ったものだと思う。

昔、祖母はよく孫の名前を間違えていた。三、四人、違う名前を口にしたあとでなければ、なぜ正解にたどり着けないのか、不思議でならなかった。しかし今では祖母の焦りがよく理解できる。祖母には子供が五人、孫が九人もいたのだから混乱するのは当たり前なのだ。

私は息子、弟、犬、この三種類の名前を間違えてしまう。世代も間柄も、種さえも異なる、似ても似つかないたった三つの名前であるうえ更に、犬は最《も》早《はや》天国に旅立ったというのに、私の頭は混線している。

息子を呼んだつもりが、子供の頃使っていた弟のあだ名が口をついて出る。「あっ、いけな

い」と気づいて慌てて訂正したら、今度は犬の名前になっている。こんな事態がしばしば発生する。まるでセットになったかのように、一回の正解につき、二回の不正解がくっ付いてくる。よく心得た息子は、叔父さんや犬に間違われても動揺することはない。ただあきれた表情を浮かべるだけだ。

これは明らかに脳細胞の衰えが原因なのだろうが、見方を変えれば、人間が大らかになった、とも言えるのではなかろうか。つまり私の中では、息子も弟も犬も一緒なのだ。生きている者も死んだ者も、人間もそうでない種類も、大した違いはない。自分にとって大切な存在、という意味では皆同じ。三人ともが、十二歳の少年のように素直で、元気よく、愛らしい姿のまま、記憶に留まっている。

息子はとうに大学を卒業して独立し、弟は髪の毛の後退したおじさんとなり、何度も繰り返すが犬は死んだけれど、私の心の内では全員が同じ少年だ。野原を駆け回り、友だちとじゃれ合い、人生の複雑さとは無縁で、ただ無邪気に笑っているのが似合う、十二歳なのだ。

息子も弟も、社会に出て厄介な悩みに惑わされているだろう。犬も一足先に天国に送られ、淋しさを感じることもあるかもしれない。けれどもう私は、直接手を差し伸べて彼らを助けてやれない。

せめて心の中に、幸福な彼らを仕舞っておくくらいのことしかできない。だからどうか、間違いを犯す私を許してほしい。

小人か妖精の仕業

モノレールの浜松町駅で、切符をなくした。四百七十円の切符を買い、羽田空港の改札を通ったのは間違いないはずだが、降りようとするとなぜか、どこにも見当たらない。洋服のポケットに手を突っ込み、ハンドバッグを引っ掻《か》き回し、財布から化粧ポーチまで覗《のぞ》いてみる。混雑する改札口で立ち止まり、焦ってごそごそやっている私の姿は、誰が見ても、切符をなくした鈍くさいおばさんだろう。通り過ぎる若者たちは、「ああゆう恥ずかしい中高年にはなりたくない」と、つぶやいているはずだ。現代の若者は最《も》早《はや》切符など買わず、全部カードなのか？いや、今は人目を気にしている場合ではない。とにかく切符だ。それがなければここを出られないではないか。

ほんの二十分ほど、大人しくモノレールに乗っていただけなのに、切符はどこへ消えたのか。不思議だ。時折、駅の構内に落ちている切符を見掛けることがあるが、たいていそれらは大勢に踏みつけられ、ぐったりとして打ちひしがれている。交番や拾得物預かり所に届けられる落とし物たちに比べ、持ち主の手を離れた切符はぞんざいな扱いを受けている。無事、持ち主のもとに戻れる可能性はあまりにも低い。

もしかしたらどこかに、私たちと同じく切符を必要としている何ものかの世界があって、彼らがこっそりポケットやハンドバッグから、それを盗み出しているのではないだろうか。ついさっき仕舞ったはずの場所にないのであれば、目に見えないくらいの小人か、気配を消した妖精の仕業と考えるのが妥当である。彼らの世界では、切符は乗り物に必要な証明書以上の意味を持っている。例えば、それ一枚あれば、くたびれた三角帽子を新品に取り替えられる。あるいは破れた羽を元通りに修理できる。そうして精気を取り戻した彼らは再び私たちのそばに現れて、小さな偶然の種を撒《ま》き散らしてゆく……。

「このままお通りになって結構です。あなたを信用しましょう」

浜松町駅の駅員さんは親切だった。本当ならばもう一度切符を買い直すべきところ、気持ちよく許してくれた。

さて、先日、倉敷で朗読会があった。頂戴した立派な花束を抱え、朗読を聴きにきてくれた同級生と一緒に倉敷から電車に乗り、岡山駅で降りたのだが、その時、彼の切符がなくなっているのが判明した。

「お互い、うっかりが増える年頃なんだよ。仕方ないよ」

うろたえる彼を私はそう言って慰めた。

家に帰って花束を解いてみると、中から切符が出てきた。花の瑞々《みずみず》しさを吸い取って、いい香りのする切符になっていた。小人か妖精のために役立ったのなら、それもよかろう、と私は

思った。

夜、ジョギングをしているとさまざまな人たちを見かける。とある熱帯夜、ワイシャツ一枚で歩くおじいさんがいた。荷物の詰まった手提げ袋を片手に、二本の脚をむき出しにして歩いていた。いくら何でもパンツは履いていたと思うが、ワイシャツの裾が太ももの微妙な位置にあって、はっきり確認はできなかった。ミニのワンピース姿ととらえれば、さほど驚くべき事態でもない、と私は自分を納得させた。おじいさんの脚は白くてほっそりしていた。

また別のある日、ニワトリを抱っこした小父さんとすれ違った。一瞬、目がきょろりと動いたので、ぬいぐるみでないのは確かだった。両腕に包み込まれたニワトリは安心しきったように丸くなり、小父さんの胸にしな垂れ掛かっていた。その様子から、彼らにとってそれがごく自然な状態であるのが分かった。私は足を止め、遠ざかってゆく鶏冠の赤色を見送った。

彼女に気づいたのはまず音からだった。誰かが追い掛けてくる。マラカスをもっと乱暴にしたような、ガシャガシャガシャ、という耳障りな音がかなりのスピードで近づいてくる。脇によけると、本格的なジョギングウエアに身を包んだ中年女性が、あっという間に追い抜いていった。片手には筆箱が握られていた。筆箱の中で鉛筆がガシャガシャ鳴っているのだった。

ふくらはぎの筋肉は素晴らしく盛り上がり、フルマラソンでも余裕で完走できそうだった。筆箱のリズムと足の運びが見事に調和していた。人気のない住宅街に響き渡るその音は、やがて暗闇に吸い込まれていった。

夏の終りが近づくと、イノシシに遭遇する機会が増えてくる。彼らは堂々と道の真ん中を行進する。遠慮などしない。あちこちに鼻先を押し当て、何か美味《おい》しいものは落ちていないかと探し回っている。その後ろを、ウリボウたちがくっついてゆく。

「車にひかれないように、気をつけなさいよ」

と私はささやくが、もちろん彼らの耳には届かない。

なぜおじいさんはズボンを履いていなかったのだろう。地球温暖化に対する抗議なのか。単に忘れただけなのか。あのニワトリは何なのか。あれは、可愛い家族以外の何ものでもない。だからああして仲良く散歩を楽しんでいたのだ。では、筆箱の意味は。塾で大事な試験があるのに筆箱を忘れた子どものため、急いで届けていた。いや、走るリズムを刻むためのメトロノーム代わりだった。いろいろ理由は考えられる。

誰にでも、イノシシにでも、事情がある。どんなに不自然に思われようと、そうしないではいられない理由が存在する。世の中は事情で成り立っている。作家はその事情を小説にして書いている。

業務日誌

五十を過ぎたあたりから、一日にこなせる仕事の量が明らかに減少してきた。生まれつきの怠け者ゆえ、元々大したことはしていないのだが、ここ最近は自分でも危機感を覚えるほどのレベルに至っている。

若い頃は六、七枚小説を書き、編集者と打ち合わせをし、夜は資料用の本を読む、という具合の一日を当たり前に過ごしていた。そのうえ更に、子どものお弁当を作り、保育所の保護者会に出席し、熱を出せば小児科へ連れて行きと、怠け者にしては一応がんばっていた。

しかし、今は無理だ。どう考えても無理だ。朝、パソコンを開く。昨日までの小説が一晩で傑作に生まれ変わっているかも、と期待しつつスイッチを入れるが、願いが叶うことは決してない。私は一つ、深いため息をつく。一行書いては消し、一行書いては消す。決断力が衰えたせいだろうか、いつまでたっても、「これで良し」と納得できる言葉が出てこない。そのうちすぐにくたびれてくる。部屋をうろうろ歩き回ったりベッドに寝転がったり、枝毛を抜いたりして無為なひとときを過ごす。あるいは誰か作家のブログを読み、「ホテルにカンヅメになって連載の三十枚分、一晩で仕上げました」などという記述に感心してうなり声を漏らす。ふと

気づくと、窓の外はもう日が暮れている。原稿は三枚も進んでいない。
一日の終りに味わうこうした敗北感を少しでも紛らわすため、業務日誌をつけてみることにした。

『○月○日晴れ　小説原稿一枚半。講演依頼お断りの手紙』

『○月○日雨　エッセイ原稿二枚。電子書籍契約書サイン』

ノートに書き付けると、内容の貧弱さにもかかわらず、とにかくこれだけの仕事はやったのだ、という区切りがつく。ささやかな達成感が得られる。

どんなに仕事をさぼった日でも、業務日誌だけは真面目に書いた。二百字しか小説が進まなかった日でも、堂々とした大きな字で『原稿半枚』と書いた。

去年、ようやく連載が一冊の本になったあと、しばらくの間疲れ果てていた。業務日誌に書くべき事柄は日に日にみすぼらしくなっていった。

『献本に署名』、『電話取材、一本』、『授賞式欠席の葉書返送』、『書店に本の注文』、『アップルパイを焼く』、『腹筋三十分』……。

業務日誌でありながら、いつしか業務でさえなくなってしまった。

このままいったら私はどうなるのだろう。欠席、に丸をつけるだけで一仕事やり遂げた気になり、アップルパイで膨らんだお腹を屈伸運動で引っ込めている間に日が沈む。こんなふうにして私の一生は終わるのだろうか。しかしそれもまた、幸せであろう。

豆ご飯とボブスレー

春は豆ご飯とともにやって来る。親指で押し開かれたさやの中から、えんどう豆が顔をのぞかせるその瞬間が好きだ。瑞々《みずみず》しい薄黄緑の色合いも、丸っこい形も、四粒ほどが仲良く身を寄せ合っている様子も、全部が愛らしい。

豆ご飯を作りながら、いつも私はボブスレーのことを考える。今年のように冬季オリンピックが開かれた後の春はなおさら、コースを疾走するソリの姿がありありと浮かんでくる。

四人乗りのボブスレーで、狭い空間に収まった四つのヘルメットを見れば、誰でもえんどう豆を連想するのではないだろうか。遠心力に抵抗して震えるヘルメットは、さやの中に隠れ、外の世界を知らないままじっと春を待つ、四粒のえんどう豆だ。

お化粧をして自分をアピールするフィギュアスケーターとは対照的に、全身を専用スーツとヘルメットで覆い隠した姿は、たくましい肉体には似合わない恥じらいを帯びている。そこもまた、栄養たっぷりのエネルギーを蓄えながら自己主張をしない豆と、どこか通じるものがある。

しかしボブスレーで最も興味深いのは、何と言ってもソリに乗り込む瞬間だろう。鋼鉄の塊

を押しながら、先頭から順番に、絶妙のタイミングで飛び乗ってゆく。早送りかと錯覚するほどにすべての動作が素早い。最後の一人になると、隙間が残っているだろうかとドキドキする。でも心配はいらない。ちゃんと四人、気持ちよく、すっぽりと納まる。

いつのオリンピックだったか、乗りそびれたチームがあって、無人のソリが虚《むな》しく滑ってゆく映像を見たことがある。取り残されて呆然《ぼうぜん》と立ち尽くす選手たちも気の毒だったが、「私、このまま滑っていってもよろしいのでしょうか」と、誰にともなく問いかけるようなソリもまた哀れだった。

スタートが決まって、滑り出した直後、私の最も愛する一瞬が訪れる。ソリの脇にはみ出したレバーが、ぺこん、と収納されるのだ。ボブスレーのスピード感とは裏腹の、手仕事といった風情がそこにはある。なぜ自分はこんなソリに乗って、一〇〇分の一秒に泣いたり笑ったりしているのか、という疑問も持たず、ただひたすら小さく丸まって滑っている人間のいじらしさが、レバーの収納に凝縮されている気がする。

ただ、あのレバーを仕舞《しま》い忘れたらどうなるのだろう。この心配は常につきまとう。やはり失格なのか、その前にソリが壊れるのか。いずれにしても無人のソリに匹敵する哀れな事態になるのは間違いない。

無事ゴールしたソリから、弾ける豆のように四人の選手が飛び出してくる。ああ、よかった。そうつぶやきながら私は豆ご飯を炊く。

小さなナイト

ピンポンが鳴る。

「すみません。ボールを取ってください」

グローブをはめた小さな少年が二人、門の向こうに立っている。

家の前は坂になっているので、時々、ボールが門扉の隙間から庭に転がり込んでくるのだ。

私はボールを拾い、彼らに投げ返す。少しでもフライの練習になればと、わざと高々投げ上げてみる。少年は見事に受け止める。

「ナイスキャッチ」

「ありがとうございました」

坂道を駆け登ってゆく二人の背中を、私は見送る。

子どもは可愛い。仕事を中断されてもちっともイライラしない。それどころか自分もキャッチボールに加えてもらいたいくらいだ。被《かぶ》っている帽子がタイガースではなくジャイアンツであっても、許す。

先日、買い物の途中に出会った少年は五つくらいだった。幼稚園の制服を着て、お母さんと

手をつなぎ、前を歩いていた。巨大なグレートデーンを飼っている家の横に差しかかった時だった。普段は大人しいその犬が突然、すごい勢いで吠《ほ》え立てながらフェンスまで走り寄ってきた。

「キャー。びっくりした」

お母さんが悲鳴を上げた。

「でも、女の子だよ」

少年は言った。そうか、このグレートデーンはメスだったのかと、私は初めて知った。

「フェンスに手を入れたりしないでね。噛《か》まれると危ないから」

「でも、女の子だよ」

「機嫌が悪い時だってあるのよ」

「でも、女の子だよ」

「絶対、気をつけてね」

「でも、女の子だよ」

最後まで少年は同じせりふを繰り返した。その一言ですべての問題は解決する、という強い意思が感じられた。

女性に対する何と深い尊敬の念だろうか。女の子がそんなひどいことをするはずがない、と固く信じる純粋な心。将来、彼の恋人になる女性は幸せだ。どんなに優しく、大切にされるか、

様子が目に浮かんでくる気がする。まるでその女性が自分自身であるかのような気分にさえなってくる。私も女の子でよかったなあと思う。

感慨にふける私を残し、親子は遠ざかっていった。気がすんだらしいグレートデーンも、犬小屋に戻って丸くなった。本当に女の子かどうか確かめようとしたが、上手く見えなかった。

こんなふうによその子どもがいとおしくてならないのも、老化現象の一つだろう。若い頃は子どもが嫌いだった。どう扱っていいか、見当もつかなかった。自分もまだ子どもだったからかもしれない。

いよいよ私も歳《とし》を取った。よく分かっている。自分では空高く、雄大な放物線を描くボールを投げたつもりでも、門を越すのがやっとなのだ。

東京大学宇宙線研究所、大橋正健先生のお誘いにより、岐阜県飛騨市神岡町に建設中の大型低温重力波望遠鏡（ＫＡＧＲＡ・かぐら）を見学させていただいた。重力波とは何か、もちろん私の理解を超えた問題なので、一般向けのパンフレットから引用すると、〝星の爆発やブラックホールの誕生やビッグバンといった宇宙の「一大事」から発生〟する時空のゆがみで、宇宙誕生直後から放たれた重力波は〝１３８億年経過した現在も、宇宙中に響きわたっています〟。その重力波をキャッチしようとするのがＫＡＧＲＡなのだ。もし成功すればアインシュタインの一般相対性理論の正しさが証明されるらしい。

望遠鏡と言いながら施設は、神岡鉱山の地下１０００メートルに掘られたトンネルに設置される。今回は機械が入る前の、空っぽのトンネルを見学できる貴重な機会だった。

一辺3キロメートルのL字形トンネルは、想像する以上に壮大だ。地上の騒音も振動も伝わらない地底に、人間が掘った真っすぐな空洞。やがてここを、レーザーから放たれた光が突き進むことになる。重力波によって生じるほんのわずかな空間のゆがみを、その光が伝えてくれる。トンネルを踏みしめながら私の頭の中では、地上の人間たちが決して感じ取れない微《かす》かな

波動も見逃さず、ゆがみの縁を忠実になぞって進む光の姿が浮かんでいた。

　何より感銘を受けるのは、このプロジェクトが目先の経済的な利益とは無関係な目的のためにある点だ。それで一体何の得があるのか、と問われても答えに困る。それでもなお、宇宙が誕生した瞬間を知りたいと願う人間の知的な探究心は衰えない。０・０００００……１メートルの変化を見極めるため、コツコツ、トンネルを掘る。宇宙の響きに耳を澄ませる。

　さて、今回の見学でもう一つ、印象深かったことがある。実は行きの飛行機が一時間半も遅れ、せっかく綿密に立てて下さっていた見学予定が、最初から狂ってしまったのだが、大橋先生はじめ、現地の研究所の方々、工事関係者の方々、どなたも慌てた様子をお見せにならなかった。私など着いた途端に帰りの飛行機が心配になってそわそわしているのに、大橋先生は「大丈夫ですよ」の一言で悠然としておられる。その言葉どおり、本当にすべては丸くおさまった。

　泰然自若とはこういうことか。さすが、１３８億年の時間を相手にしておられる方々は違う。日頃締め切りにばかり追われ、つまらない小説を書いている自分が恥ずかしくなった。帰り、空港で、予定より一本遅い飛行機に予約を変更しながら、私はいっそうＫＡＧＲＡの成功を祈る気持ちで胸を一杯にしたのだった。

（ＫＡＧＲＡ　かぐらは二〇一九年十月に完成。現在、観測が開始されている）

ミス・ミス・ミス

毎年、大学入試の季節になると、出題ミスの話題を耳にする。問題文に脱字があったり、正解が二つあったり、一つも存在しなかったり、さまざまなパターンが出現する。英語のヒアリングテストで機械が壊れていた、というのも恒例である。

選挙でも間違いは起こる。小選挙区と比例区の投票用紙を誤って交付する。二重の投票が発生する。職員が寝坊して開始が遅れる。去年の衆院選で最も印象深かったのは、投票箱の鍵の閉め方が分からずに十五分時間をロスした、というニュースだった。担当の人はさぞかし焦ったことであろう。

ここでは絶対ミスは許されないと十分承知していながら、それでもなぜか人は、何かをやってしまう。特に私が苦手とするのは色紙の寄せ書きだ。結婚披露宴の席に色紙が回ってくる。そこには既に、センスあふれる言葉たちが綺麗な字で記されている。自分もこのバランスを崩さないよう、上手く溶け込まなくてはならない。しかし一応作家なのだから、気の利いた一言が求められるのではあるまいか。いや、余計なことは考えるな。平凡でいいんだ。ああ、ぐずぐずしている間はない。早く次の人に回さなければ……。

そうやって一人あたふたとし、結局、「お幸せをお祈りします」と書こうとして、「祈る」が「折る」になったりする。慌てて直そうとすればするほど、見苦しい黒い塊が大きくなってゆく。

以前、フランスの文学フェスティバルで、出席者全員が寄せ書きをした時は、「ご招待ありがとうございます」が、あろうことか「ご紹待」になってしまった。この場合、まあ、フランス人には分からないであろう、下手に直す方が逆に目立ってしまう、と判断してそのままにしておいた。

取材で訪れた、とあるノーベル賞級の研究所では、実験室の扉に見学者がサインする慣例になっていて、危うく自分の名前さえ間違えそうになるほどの緊張を味わった。

ミレニアムのカウントダウンコンサートの生放送で、指揮者が時間配分に失敗し、十二時になってもまだ音楽が終わらず、白けたムードに包まれた時は、心底同情した。

オリンピックの宣誓で絶句する選手。タイトルに誤植がある本。クシャミをして国宝の古文書に唾を飛ばす博物館員。紅白歌合戦で歌詞を忘れる歌手。

この世界にはなんと多くの誤りがあふれているのだろうか。そこら中穴だらけで、安全な地帯など残されていない。どれほど慎重に振る舞おうと、どれほど努力しようと、誰もがたやすく暗い穴に飲み込まれてゆく。

だから人がミスをして害を被《こうむ》ったとしても、腹を立てている暇はない。次の瞬間にはもう自分が、穴に墜落しているのである。

ラブの毛

次々と、ものの壊れる春である。まず、門扉の電子錠が動かなくなり、次にファックスが紙を送らなくなった。最近、ファックスを使うことも減ったから、このままでいいか、と思っているところに、パソコンが怪しい動きを見せはじめ、こちらは大慌てで修理を頼んだ。そうこうしているうち、昭和の遺物として大事に使っていたラジカセが、とうとう寿命を終えた。その数日後、車が壊れた。

正確に言えば、私が駐車場の柱にぶつけて壊したのである。ちょうど十年前、デザインも燃費も考えず、ただラブラドールのケージがトランクに積めるかどうかだけを基準にして選んだ車だった。そのラブラドールのラブも、三年前に死んだ。

今度はケージのサイズにこだわらず、好きな車が選べるわけだが、柱にぶつけた心の傷は大きく、気分は盛り上がらなかった。まあ、こんなものかなあ、という程度のテンションで、パンフレットを指差して決めた。

古い車を片付けていたら、トランクのカーペットにはまだラブの毛が残っていた。全く車酔いしない犬で、ドアを開けると大喜びで飛び乗ってきた。ところがある時から脚が弱り、助け

なしには乗れなくなった。私がお尻を支えてやると、いつも申し訳なさそうな表情を浮かべていた。

そんなラブの思い出に浸っている時だった。トランクの片隅に、小さな黒い物体を見つけ、手に取った。最初は石かと思ったが、すぐにヤモリだと分かった。くるりと体を曲げ、顔と尻尾を寄せ、ついさっきまで生きていたかのような躍動感あふれる姿で、息絶えていた。手足の指も背中のゴツゴツも肌の模様も、すべて完全な形で干からびていた。そしてヤモリは、折り曲げた後ろ脚に一本の毛を挟んでいた。

ラブの毛だった。死んだものの体の一部だとは信じられないくらいに元気よく、ピンと宙を突き刺していた。ヤモリは空洞になった目で、ラブの毛の先端をじっと見つめていた。単なる偶然からなのか、自ら進んでそうなったのか、土台としての役目を見事に果たしていた。

ヤモリは家を守るというが、こうして車も守ってくれていたのか。しかもラブと一緒に。柱にぶつけた事故が大事に至らなかったのも、この〝ヤモリプラスラブの毛〟のおかげに違いない。

家族たちが気味悪がる中、私は早速適切な大きさのプラスチックケースを買い求め、その中に彼らを安置し、書斎の戸棚に飾った。いまだに毛は後ろ脚の関節にしっかりと挟まれたまま張りを保ち、ヤモリは完璧な土台に徹している。それを見るたび、どこかひっそりとした片隅に、私を守っている何かがいるのだ、と一人安堵をかみしめている。

誰もが知っている事実ではあるが、パソコンは底なし沼だ。編集者をうならせ、読者に感銘を与える小説を、締め切り前に書き上げるという目的のため、私はパソコンの前に座る。何と見事に簡潔な目的だろうか。その光り輝く高みに向かい、私はただキーを叩けばよいのだ。なのに気づくとなぜか、ジョン・ロイド・ヤングのインタビュー記事を読んでいる。

最初のつまずきは、小説のファイルを開く前に、映画の上映情報を検索したことにある。

「新開地でまだ『ジャージー・ボーイズ』をやっているじゃないか」

一九六〇年代から七〇年代にかけて大ヒットを飛ばした伝説のグループ、ザ・フォー・シーズンズを描いた映画だ。ＤＶＤでは観《み》たのだが、ぜひ大画面であの音楽を味わいたい……などと思いながら予告編やブログの映画評をクリックしているうち、ボーカルのフランキー・ヴァリを演じたジョン・ロイド・ヤングに行き着いた。

二歳の時、ママが病気で死んだ。まず、この一行に目が吸い寄せられた。だからママのことは何も覚えていない。目の前にいくらたくさん人がいても、世界はパパと僕、たった二人きりだった。

二つの坊やを置いて死ななければいけなかったお母さんの心残りは、いかばかりであったか。彼女はイタリア系だった。その容姿をジョン少年は受け継いだ。イタリア系移民であるフランキー役の第一条件を授けたのは、死んだママだった。この役はジョンにとって、ママからのプレゼントだったんだ。

しかもお母さんの旧姓は、シチリア地方の言葉で「悲しい瞳」を意味するという。映画のクライマックス、フランキー＝ジョンは名曲「君の瞳に恋してる」を歌い上げる。悲劇が音楽に結実する、素晴らしいシーンだ。そうか。ジョンにとって君の瞳は、ママを象徴していたのか。印象的な歌詞「……let me love you……」。このletには、記憶にない人を愛するという純粋な願いが込められていた。だからこそあの場面は特別なのだ。

私の胸に、死の床で息子を抱き締める若い母親の姿が浮かんでくる。死の恐怖より、幼い我が子のために何もしてやれない無念の方が、より強く彼女を苦しめる。彼女にできるのはただ、息子の無事を祈ることだけだ。何も分からず息子は、ママの瞳を見つめて無邪気に笑っている。やがて彼はスターになる。母から授けられた贈り物をしっかり受け止め、歌声を天国に届けている。母は決して、何もしてやれなかったわけではない……。いつしか私の胸に、感動的な物語が生まれている。

しかし私が書くべき物語は、果たしてこれだったのだろうか。ふと我に返ると、いつの間にか底なし沼の泥に埋まり、身動きできなくなっている。

野菜とお喋り

長雨にも酷暑にも負けず、どうにか無事、夏野菜の収穫を終えた。トマト、空心菜、大葉、ピーマンが豊作、オクラと金時草がまずまず、茄子《なす》が今一歩、というところだった。最近老眼が進んだせいで、家庭菜園の作業にも支障が出はじめている。例えばピーマン。実と葉のグリーンが濃淡を織り成して見事に調和しているため、見分けがつかない。枝をかき分け、注意深く収穫したつもりでも、必ずいくつか見落とした実が葉の陰に隠れている。それが何かの拍子にひょっこり姿を現した時の驚きは新鮮だ。

「どうしたんだ、お前」

つい、そう叫んでしまう。青リンゴほどに巨大化したその姿にピーマンの面影はなく、重さに耐えかねた枝はたわみ、表面はいかにもふてぶてしい感じでテカテカしている。

「ちぇっ」

舌打ちさえ聞こえてきそうなくらいである。

ピーマンは人間が食べるために改良した植物のはずだ。それでもやっぱり人間に穫《と》られたくはないのか。

一瞬感傷的になりながらも、私はハサミを入れる。観念した様子でそれは、コロンと転がり落ちる。

水茄子は原因不明の穴に悩まされた。ちょうど穫り頃になると、直径数ミリの穴が出現するのである。鳥が突くのか、野良猫のいたずらか、原因がよく分からない。ところがある雨の日、まさに水茄子に頭を突っ込んでいる犯人と出くわした。ナメクジだった。

「ひえ〜。どうかお助けを」

摘《つま》み上げると体をくねくねさせて抵抗した。

「観念しなさい。現行犯逮捕だ」

まあ確かに、水茄子の水は雨より美味《おい》しいだろう。水茄子に全身で潜水したい彼らの気持ちは、分からないでもない。

老眼でも大葉は楽に見える。逃げ隠れせず、太陽に向かって堂々と胸を張っている。葉は二枚一組になり、六時方向、九時十五分方向に、順々に茂っている。下にいくほど大きな葉、上にいくほど若い小さな葉。お互い平等に日光を分け合っているのが分かる。その規則正しさが乱されることは決してない。双子の彼らを離れ離れにしないよう、一組の二枚は必ず一緒に摘む。

いつだったか数学の先生に、奇数より偶数が絡んできた時の方が、理論が複雑になる傾向がある、と聞いたことがある。偶数の世界に生きる大葉がどんなに高等で魅力的な秩序を持って

いるのか、きっと人間には分からないのだろうなあ。私にできるのはただ、大葉を千切りにして、冷奴《ひややっこ》の上にのせることだけだ。

さてと。両腕一杯に野菜を抱えて立ち上がる。その時いつも、随分とお喋《しゃべ》りした気分になっている。

近所のスーパーへ行く時、必ず通る階段がある。見上げても先が見通せないくらいに長く、険しく、途中、三回ほど休まなければとても上りきれない。そこを私は、後悔の階段と呼んでいる。

一段一段踏みしめるリズムが神経を結合させるのか、あるいは激しくなった血流が脳細胞の特定部位を目覚めさせるのか。とにかく階段を上りはじめると同時に、惨めな失敗、恥ずかしい勘違い、取り返しのつかない油断、横着、不手際、無為、等々あらゆる負の記憶がよみがえってくる。

「今度の新作『○○』、素晴らしい小説ですねえ」とＡさんに話し掛けたあと、その本がＢさんの作品だったと気づく。尊敬するＣさんとの対談に興奮し、一人で喋《しゃべ》り続け、Ｃさんを呆《あき》れさせる。サイン会でお名前を書き間違え、動揺して自分の名前まで間違えてしまう。午前中小説を三枚書こうと決意したのに、半枚も書けないままに夕方を迎える。いや、問題は枚数ではなく中身だ。あんな未熟な原稿を恥ずかしげもなく編集者に送るとは、どこまで自分は図々《ずうずう》しいのだ。

後悔の種は尽きることがない。すっかり忘れたはずの遠い昔の出来事も、この階段に差し掛かるとなぜか、次第に荒くなってゆく鼓動に合わせてザクザク掘り返される。

コンクリートでできた、何の変哲もないただの階段である。両脇には斜面に沿って真新しいマンションが建ち並び、カーテンの隙間からテレビの光が漏れていたり、台所の換気扇からおかずのにおいが漂ってきたりする。更に上へ行くと、手つかずの雑木林が広がっている。時折、カサカサッと音がして、一瞬イノシシかと身構えるが、たいていは小鳥の羽ばたきだから心配はいらない。

私は階段を上っているのではなく、記憶の地層を下へ下へと掘り進んでいるのではないだろうか。ふとそんな錯覚にとらわれる。重力に逆らっているのか従っているのか分からなくなり、結局どちらでも同じことだという気がしてくる。自分の記憶の大半は後悔で成り立っているのだなあと、改めて実感する。しかし、くよくよばかりもしていられない。早く家に帰って、小説の続きを書かなければ。食料品で一杯に膨らんだエコバッグを握り直し、私は階段の先を見上げるが、空より他には何も見えない。

階段を上りきった時、目の前に見知らぬ風景が広がっていたらどうしよう。本当ならばそこにあるはずの、小さな公園と、庭木の生い茂る古いお屋敷が姿を消していたら……。

そこはあの世かもしれない。全部の階段を上り終えた時、自分が死んでいることにようやく気づくのだ。

もし、どんな死に方が理想ですか、というアンケートが来たら、そんなふうに答えよう、と思う。

言葉を捨て去る

　何気なくつぶやいた一言が〝炎上〟し、思いがけない騒動に発展するこの頃であるから、私のようにお喋《しゃべ》りでそそっかしい人間は、よほど注意しなければならない。昔なら、たった一人の心の中だけで済んだ話が、今は便利な道具があるばっかりに、ややこしい事態を招いてしまう。

　普段の生活で、目の前の誰かと本音をぶつけ合う必要に迫られる局面など、実はあまりないのだ。表面上取り繕っていれば、たいていその場はおさまる。胸の内で何を思っているかは関係ない。誤魔化しであろうが偽りであろうが、取り敢えず、の状態に持っていければそれで十分だ。

　夫婦喧嘩になるとまず口を利かなくなるのは、互いの傷をこれ以上深くしないためには黙っているのが一番、という本能が働くからだろう。一旦《いったん》口を開いてしまうと、どこまでも相手を追い詰める危険性がある。

「どうして靴下を脱ぎっぱなしにして平気でいられるんですか。何度言ったら分かるんです。脱衣籠の中へ入れる。たったそれだけのこと、幼稚園児にだってできますよ。しかも臭いうえに水虫菌だらけ。ああ、嫌だ嫌だ……」

私は何一つ間違ったことを言っていない。しかし、正しいからこそ夫をうんざりさせる。正しいことを大声で言い募る私自身が、夫を傷つけている。もしここで、靴下が脱衣籠以外の場所に点在している理由について夫が理屈をこねはじめたりすれば、夫婦喧嘩は間違いなく泥沼に突入する。

つまり言葉は、真実を表現する道具として、どこか不完全なのかもしれない。会議や討論会では、自分の意見をきちんと表明することが求められるわけだが、私はしばしば、論理的に喋ろうとすればするほど、頭の中身がみすぼらしくなるのを感じる。元々頼りなかった頭が、論理的な組み立てによっていっそうスカスカになってゆく。

そういう私の頭に光が射すのは、理屈から解き放たれた瞬間である。言葉を脱ぎ捨て、正しいか間違っているかなど問題にならない地点まで跳躍できた時、ようやく胸の深いところまで息が吸い込めるようになる。

まさに小説が生まれるのもその地点だ。そこまで到達できれば、薄汚れて裏返しになった靴下は、ありふれた人生を黙々と生きる人間の、息吹の証拠品となる。

しかし難しいのは、その時点で言葉を捨て去っていることなのだ。小説を書くためには、一度見捨てた言葉を再び拾い集めなければならない。それがもう面倒で、苦痛で……。

危ない。また余計なつぶやきを漏らすところだった。本当のことをつぶやくと、時に愚痴になってしまう。泣き言をこぼす暇があるのなら、黙って仕事をしよう。

とんかつ

仕事で立ち寄った初めての町Hで、一人、とんかつを食べた。裏通りをうろうろし、よさそうな店を見つけた。適度に油を吸って、くたっとなった暖簾《のれん》が下がり、換気扇からは香ばしい匂いが漂っていた。狭い店内は満員で、丸顔のおばあさんと相席になった。

「海老フライセットの、上等の」

早速おばあさんは注文をはじめる。

「えっ？」

「値段の高い方の海老」

「はい、はい」

「それにコロッケを一個、つけて」

「コロッケを？」

「そう」

「海老を一匹、減らします？」

「いや、いや。海老はそのまんま」

注文を取る人も相当の老人のため、耳が遠いのだろう、これだけの会話がお互い二回ずつ繰り返された。

母が生きていたらこれくらいの年頃だと思われるおばあさんが、一人前以上の揚げ物を満足げに食べている姿を前にすると、こちらまで幸福な気分になってくる。六十代で体が動かなくなる病気になった母は、元気よくとんかつを食べるおばあさんには、なれなかった。

子供の頃、母が作るとんかつは脂身が多くてあまり好きではなかった。箸で脂身を引きちぎって残していると、

「お父さんはこれが好きなんじゃ」

と言って父が全部食べた。戦争中、豚の脂身が最高のご馳走だった時の体験が忘れられなかったらしい。代わりに赤身のところを私と弟に分けてくれた。

美《お》味《い》しいもの、栄養があるもの、珍しいものは何でもまず子供に。これが父のやり方だった。食糧難の時代に自分が味わったひもじさを癒やすためには、子供にせっせと食べさせる以外、他に方法はないとでも信じていたのだろうか。もちろん当時の私は、父の思いを推し測ったりはしなかった。当然の顔をしてパクパク食べていた。だから、父親だけおかずが一皿多い、という家庭だってあるのだと知った時は、たいそう驚いた。

いきさつはもう忘れてしまったが、結婚したばかりの頃、父が仕事帰りに家に立ち寄り、夕食を食べたことがあった。私はとんかつを作った。脂身のないヒレだった。新婚家庭にお邪魔

して悪いな、という感じで、父は居心地が悪そうだったが、それでも焼酎を飲み、娘が揚げたとんかつを食べ、「うん、美味しい」とつぶやいていた。

いくらでもそういう機会は作れたはずなのに、ぼんやりしているうち、取り返しがつかないところまで、時は過ぎ去ってしまった。

おばあさんは海老フライとコロッケを完食した。お皿にはキャベツ一切れ残っていなかった。

私たちは微笑《ほほえ》み合い、目礼して別れた。

人はなぜ、赤の他人を一生懸命応援できるのだろうか。リオオリンピックが閉幕し、一息ついた今頃になって、ふと、そんな疑問がわいている。

男子体操団体。ほれぼれするほど見事な一回転であん馬から落下した山室選手に、「気にするな。気にするんじゃない。それより怪《け》我《が》はない？　大丈夫？」と、母親のように声を掛けた私。あるいはカヌー・スラロームで銅メダルを獲得し、男泣きしている羽根田選手を見て、「言葉も分からないスロバキアに、たった一人で渡って、よく頑張ったねえ」と、もらい泣きした私。ついさっきアナウンサーの解説で情報を仕入れたばかりにもかかわらず、少年時代からの知り合いのような気分になっている。

しかし彼らがメダルを獲得したからといって、私には何の得もない。あん馬もカヌーも、テレビ画面の向こう、遠い地球の反対側で、私の都合とは一切関わりなく行われていることなのである。にもかかわらず、頼まれてもいない応援をしてしまう。損得抜きで誰かのために祈ったり、喜びを自分のものとして共有したりする。そうして無関係な他者とつながり合う。たぶんこれは、人間が地球上の過酷な生存競争を生き延びるため、進化の過程で手に入れた心の働

きなのだろう。

　ポイントは、損得抜き、という点だ。長年阪神ファンをやっていれば、日本一の喜び（得）など一生のうちに一度あるかないかで、圧倒的に負けの悔しさ（損）を味わう機会の方が多いのだが、そんな野暮《やぼ》な問題にはお構いなしに、無邪気にファンを続けている。そんなふうに進化できた人間は、やはり生き残るのにふさわしい生きものだったのだと思う。

　この他人を応援する気持ち、年齢とともにより高まってくるようである。熱狂的なファン、と言えば若い人を思い浮かべるかもしれないが、中高年は肉体的に表現できないだけで、内に秘めた熱い心を持っている。歳《とし》を取ってくると、他人と自分の境が緩やかになる。おばさんが電車で隣の人に飴玉をあげたがるのからも分かるとおり、細胞膜が自在に緩んで、すぐに他人の細胞と同化できる。時におばさんは図々《ずうずう》しい、と言われるけれど、どうか許してほしい。みんな我が子、の精神が平和を生み、人間をここまで生き延びさせたのだから。

　さて、応援熱年齢比例説を裏付けるように、私は五十四年の人生で初めて、ファンクラブというものに入会した。ミュージカル俳優Ｆさんの歌声にノックアウトされ、次の瞬間、気づいたら年会費五千円を振り込んでいた。来年五月、『レ・ミゼラブル』の舞台に立つＦさんのお姿が拝めるまで、絶対死ねない。と、かつてない強い意志を感じている。誰かを応援する心で、生きる力を得ている。

以前、画家の寺田順三さんにいただいた小さなノートを愛用している。表紙に、亀、ペンギン、ブタ、タコ、カバなどがご機嫌な様子で並んでいる、可愛らしいノートだ。

そう大げさに騒ぐほどでもないが、やや、しょんぼりした気分の時、このノートを開くことにしている。これには、とても他人事とは思えない事件、素通りできない現象、訳もなく親しみを覚える人物についての、新聞の切り抜きやコピーが貼り付けてある。小耳にはさんだ内容を要約してメモしたり、書物の一部を書き写したりもしている。乾いた糊《のり》のせいでページがうねり、いかにも使い込んだ感じが出て味わい深くなっている。

●国内唯一の珍しいマルミミゾウとして徳山動物園で飼育されてきたマリ（推定29歳）が、最新のDNA鑑定の結果、実はありふれたサバンナゾウであったことが判明。

●先走り少年↓明治時代、前方を照らすため、汽車の前を提灯《ちょうちん》を持って走る。疲労してくると、汽車の先端に取り付けられた網にすくい上げられる。

●帽子の中に干からびたタツノオトシゴを入れておくと、頭痛のお守りになる。

●日本切断研究所

●公立青少年クラブでの熱心なボランティア活動により、市から勲章をもらう。これが人生でたった一度の、音楽では決してもらえなかった勲章となる。（エリック・サティ）

●『母と子のびんぼう工作・手芸集』

●巨体の元力士〇〇。目立たないちっぽけな人間になりたいと望み、ミニダットサンに乗り、細字用の万年筆を使い、小柄な女性を愛し、私立探偵事務所に勤める。

●母親の遺体、玄関に一か月放置。玄関の上り口で倒れているのに気づいたが、処理に困り、そのままにしていた、と会社員の息子（62）供述。

本当は平凡な象なのに、皆から珍しがられる日々を送るマリの心中は、いかばかりであったか。さぞかし居心地が悪かったに違いない。せめて本当の種類が明らかになって以降、彼女の扱いに変化がなかったことを願うばかりだ。

毎日、母親の死体をまたいで、玄関を出入りしなければならなかった息子に、何故《なぜ》、と問うのは酷だろう。さっさとやらなければと思いつつ、結局何もやらないままに人生は過ぎてゆくのだ。

少年は提灯を握って走り、タツノオトシゴは頭痛の種を食べ、サティは子どもたちと遠足に出かける。貧乏な親子は牛乳瓶で人形をこしらえ、元力士は電柱の陰に隠れて誰かを尾行し、

切断研究所では、今日もあらゆるものが切断されている。

ノートは私だけの王国だ。世界がいかに複雑で滑稽で深刻で魅惑的であるか、思い出させてくれる。だからこそ生きるに値する場所なのだと教えてくれる。

もう一つの人生

最近、ミュージカルに熱中している私にとって、映画「ラ・ラ・ランド」のヒットはうれしい出来事だった。公開されるのを待ちわびて観《み》たのだが、感想はとにかく「ミュージカルっていいなあ」の一言に尽きる。

もしかしたらあり得たかもしれない、もう一つの人生をたどる切なさが、胸に迫ってくる映画だ。そしてそのもう一つの世界に人を誘うのは音楽であることに、気づかせてくれる。逆に言えば、音楽がなければ人は、夢を思い描けない。

もちろんあり得ないけれどもしかしたらひょっとして、と私がしばしば夢想するのは、こんな世界である。自分で書いた覚えのない小説が、小川洋子著、としていつの間にかベストセラーになっている。日本の書店にそれが平積みになっているのは、あまりにも図々《ずうずう》しいので、ここに一ひねりを加え、どこか遠い小さな国の言語に翻訳された私の本が、その地で評判になっている、というのはどうだろう。

電車でカフェで公園のベンチで、人々がヨーコ・オガワの小説を読んでいる。無愛想なお婆《ばあ》さんが一人でやっている街角の本屋さんにも、一番目立つ場所にちゃんとその本は置かれてい

る。お得意さんの大学生に、「何かお勧めはある？」と尋ねられたお婆さんは、迷わずオガワの本を指さす。

　数十年、同じ椅子に座り続け、ひたすら本だけを売ってきた。大学生を孫のように思いながら、表面上は無愛想を貫いている。けれど自分の勧めた本を彼が買ってくれた時には、密かに、無上の喜びをかみしめている。

　図書館の閲覧室では、男が一人、私の本を読んでいる。毎週金曜日の夕方、仕事帰りにそこへ寄るのを楽しみにしている、初老の男。バーで飲む酒よりも、図書館を愛している。家に帰っても、待っている人はいない。奥さんには先立たれ、子どもたちはみな町を去っていった。あるいは、病弱な母親の面倒をみているうち、結婚の機会を逃し、母を見送ったあともずっと一人のままでいる。

　彼らは小説に熱中している。本の世界の奥深くを旅している。相変わらず作者本人には、書いた覚えがないのだけれども。私にはその国の言語が一言も分からないので、内容を確かめようもない。しかし彼らの表情を見ていると、もしかしたらやっぱり自分がこれを書いたのかもしれない、親切な翻訳者が何か上手い具合にやってくれたのだろう、という気になってくる。

　この幸せなもう一つの人生の中では、やはり音楽が響いている。決して私が訪れることもないだろう、どこか遠いところで一人本を読んでいる誰かを邪魔しない、澄んだ音楽だ。ライアン・ゴズリング演じるセブが、前髪を垂らして弾くピアノの音色にどこか似ている。

ただそこに、いてくれるだけで

一人、歩いて帰りたいと思う時がある。電車にも乗らず、デパートや喫茶店に寄り道もせず、ただひたすら黙って歩く。靴擦れができても気にしない。

そういう心境になるのは、苦しいくらい胸が一杯になってどうしようもない時だ。その気持ちを、感動などという安易な言葉で口に出してしまったら、途端にすべてが台無しになりそうで、とてもそんなもったいないことはできない。今、胸の内にあるものを、余計な何かで損なわないよう、ゆっくり、大事に歩くのだ。

初めてミュージカル『レ・ミゼラブル』を観《み》た日も、まさにそうだった。劇場から外に出ると、西日が街路樹の緑を照らしていた。その中を行きながら、ずっと死んだ父のことを考えていた。ジャン・バルジャンとは似ても似つかない、平凡な人生を送った人だったのに、ラスト、娘のコゼットをマリウスに託し、死者たちの列に加わるバルジャンと父の姿が、なぜか重なって見えた。

対立し、乗り越えるための父性ではなく、無条件の愛を注ぐ者としての父親を、ここまで真正面からとらえた作品は珍しい気がする。バルジャンにとって孤児コゼットは、自分の命より

も大事な存在になった。かつて司教の銀食器を盗んだ彼が、「死ぬなら私を」と、心からの声で神に祈ることのできる人間に変われたのは、コゼットのおかげだった。

ユーゴーは原作の中で子どもを、生まれながらに幸福と喜びそのものなのだ、と表現している。だからこちらが何かを与えたつもりになっていても、彼らはそれ以上のものを必ず返してくれる。ただそこに、いてくれるだけで。

死にゆくバルジャンの表情は穏やかだった。悲しみを上回る幸福と喜びに満ちあふれていた。自分よりも大事な誰かに出会うための旅を、見事にやり終えた人の美しさがそこにあった。

晩年の父は、孫からプレゼントされたクマの縫いぐるみをいつも優しく撫《な》でていた。スカートが少しでもめくれていると、これは大変、という様子で丁寧に直していた。娘の名前も忘れてしまった父だったが、小さくてか弱い存在を慈しむ心は失っていなかったのだろうか。

よく分からない小説ばかり書く娘に、かける言葉もなく、ただ心配することしかできなかった父を、感謝の気持ちを伝える間もなく見送ることになった、親不孝な娘。しかし、父にとって娘が、自分より大事な存在だったのだとしたら、もうそれだけで私が生まれた意味もあったのかもしれない。

西日の中を歩く私の耳に、その日バルジャンを演じた福井晶一さんの歌声がずっと響いていた。その声が、人生にとって一番大切な秘密をささやいていてくれていた。

大人になること

バレエダンサーを目指し、衰退する故郷の炭鉱町から旅立ってゆく少年を描いたミュージカル『ビリー・エリオット』。主役の男の子は、一年以上にわたるオーディションで選ばれたらしいのだが、応募条件の中にある、声変わりをしていないこと、という項目が印象的だった。舞台を観《み》て、なるほど、いくらダンスが上手くても、外見が少年でも、声変わりをしていたらこの役は無理だろう、と納得できた。

十八歳になったら読むようにと言い残して死んだママからの手紙を、待ちきれずに開封し、一字一句覚えているビリーが、大人の声でそれを暗唱してしまったら、すべてが台無しだ。父親とのすれ違いや、未来を閉ざされる絶望や、母の愛を求める叫びや、もろもろすべてを、ただ踊ることだけでしか表現できないビリーには、やはり痛々しいほどに未熟な声が似合う。

この歳《とし》になって改めて、少年少女が大人になるのは本当に一大事だと思い知らされる。自分にそんな大変な道のりを通過できる能力があったとは、とても信じられない。

「泣くこと厳禁」と自らに言い聞かせる『飛ぶ教室』のマルティン、もらい物だと嘘をついて老いた漁師に食事を運ぶ『老人と海』の少年、初めて目にした死者に厳かな驚異を感じ取る

『園遊会』のローラ、ママに名前がある事実を知って驚く『ノンちゃん雲に乗る』の信子……。皆、無事、大人になっただろうか。彼らの天性の優しさが、必ずや人生の支えになってくれるはずだけれど、と時折そんなふうに思ったりする。

それにしても、大人になる途中、声変わりを経験する少年の心情がどんなものか、想像もできない。神秘的ですらある。いつもキャーキャー言って遊んでいた隣の子が、ある日突然声変わりをしていて、衝撃を受けたことがある。彼の何かが、ガラッと、決定的に変化してしまったのに、本人はその重大さにまだ気づいておらず、奇妙にアンバランスな空気を放っていた。

一旦《いったん》、声を失って、全く新しいそれを受け取るのだから、当然、重労働に違いない。自分の意志とは無関係に、自分の一部と別れなければならないのだ。

夕方、近所の坂道を歩いていると、しばしば下校途中の男子中学生に出会う。教科書の詰まったリュックサックを背負い、部活の道具やユニフォームで膨らんだバッグを提げ、一人、歩いている。ひたすら無言で、足元に視線を落としている。夕日が私たちの間に射している。

二度と戻ってこない自分の声に耳を澄ましながら、残された空洞の深さに、心を震わせているような背中だ。私はただ、その見知らぬ少年の背中を、そっと見つめることしかできない。

農作業の合間にくつろいでいる、といった雰囲気のスコット・ロスの写真がジャケットになったＣＤ、「ゴルトベルク変奏曲」を聴くと、これをプレゼントしてくれたユベール・ニセン氏を思い出す。私にとって最初の外国語訳になる小説を出してくださった、フランスの出版社の先代社長だ。アルルの羊小屋から会社をスタートさせ、組織が大きくなったあとも地元に留まり、文学を通して地域の文化の発展にも尽くした、志の高い社長だった。

ＣＤなのだから、流れてくる音楽に変化はない。バッハはバッハである。しかし、贈り主が亡くなっているというだけで、特別な響きを帯びて聴こえるのはなぜだろうか。とても不思議な気もするし、当たり前だとも思う。

十五年近く前、初めてアルルを訪れ、書斎を案内していただいた。壁中本に覆われ、窓の向こうにはオリーブ林が広がり、その間に、今では作家たちの宿泊施設になっている元羊小屋が見えた。こういう書斎に本を置いてもらえるような作家でなければ、と私は思った。

二回めにアルルを旅したのは、今から四年ほど前だった。ニセン氏が亡くなり、長女のフランソワーズさんが新しい社長に就任していた。同じ頃、フランソワーズさんは十代の息子さん

を亡くされたばかりだった。前回の訪問時、たった一度会っただけだが、私の手を引っ張り、得意げに家の中を案内してくれた少年の姿は、忘れられない。

社長室には彼の描いた絵が何枚も飾られていた。そのうちの一枚をいただき、大事に持って帰った。思案に暮れる目をした人物の足元に、蛇行する色鮮やかな道が何本も続いてゆく絵だ。今も仕事机に飾っている。

アルルを発《た》つ朝、お墓にお参りした。南仏でもこんなにひどい天候の日があるのか、と驚くくらいの大雨だった。何かの意思を持って降っている、としか思えなかった。真新しいお墓は、濡れて石の色がいっそう白く浮かび上がって見えた。ホテルに帰ると、ズボンの膝から下が絞れるほどびしょ濡れになっていた。

昨年、マクロン政権の文化大臣にフランソワーズさんが任命されたニュースを耳にして驚いた。出版文化が尊重されている証拠のような気がして、私まで誇らしかった。

こうしたいろいろな場面が、スコット・ロスのチェンバロの音色とともに蘇《よみがえ》ってくる。そのCDをかけると、聴いているのか、思い出しているのか、記憶の中の風景を見つめているのか、よく分からなくなる。どれでも同じことだと思えてくる。

死者と一緒にバッハを聴いていると、口先だけでなく、心の底から正直に、死ぬのが怖くなくなる。自分が死んだあとの世界にも、バッハは流れる。この当たり前の事実が、私を慰めてくれる。

涙もろい

最近、涙もろくなって困る。歳のせいだ。死んだおじいちゃんもそうだった。

歯医者さんの待合室で見かけた赤ちゃんは、自分の右手で自分の耳をずっと触っていた。お母さんの腕の中で、ようやく据わったばかりの首を少し傾け、「おや、こんなところに……」という表情を浮かべながら、耳殻を折り畳んだり耳たぶを引っ張ったりしていた。

この子は今、生まれて初めて、顔の横にくっついている突起に気づいたのだ。適度に芯があるのに柔らかく、複雑な輪郭を持ち、自在に形を変えつつすぐまた元に戻る。「一体、これは何なんだ」。

赤ちゃんの目つきはいっそう集中力を増し、指先の動きも繊細になってゆく。うっすら桃色に染まった耳は、大人しくされるがままになっている。

この世に誕生してまだほんの数か月しかたっていない人間が、大きな謎と直面した瞬間に、私は立ち会っている。これから先、彼が出会うであろう数々の解けない謎の、最初の一歩を見守っている。そう思うだけで、胸がいっぱいになってくる。勝手に一人で涙ぐんでいる。その間お母さんは、自分の赤ちゃんに何が起こっているのかも知らず、問診票を書いていた。

舞台「密やかな結晶」を観に行ったら、鈴木浩介さん演じる編集者が、石原さとみさん演じる小説家の原稿を受け取り、「よくがんばったね」と言うシーンがあった。そのささいな台詞《せりふ》がなぜか強く鼓膜を震わせ、いつまでも消えなかった。いい言葉だな、と思った。「がんばれ」という言葉が持つ無責任さとは正反対だ。先の見えない未来に向けて努力を強いるのではなく、過去と現在を肯定する優しさにあふれている。今、目の前にいる人を丸ごといたわっている。

　私をこんなふうに慰めてくれた編集者がかつていただろうか。いや、がんばったと言ってもらえるに相応《ふさわ》しい小説も書いていないのに、それはあまりに図々《ずうずう》しい願いではないか。甘ったれてはだめだ。褒めてもらいたいなんて子どもじみている。読者が自分の本を手に取ってくれる。それ以上の喜びはない。そうだ、もちろんよく分かっている。けれど、世界に一人くらいいてもいいじゃないか。私の耳元で、こっそり「よくがんばったね」とささやいてくれる誰か。できれば鈴木さんのように素敵な声の誰かが……。

　あれこれ考えているうちに、ラストシーンを迎えていた。バラの花びらが一面に舞う、圧倒的なラストだった。舞台の感動と、小説を書くことの心もとなさの両方が入り交じって、やはり涙ぐんでいた。

　劇場から家に帰り、玄関の前でふと空を見上げると、北斗七星が瞬いていた。こういう美しさの前で泣かない人はいない、と思える北斗七星だった。

白い影

「白い影」という名の書店で朗読会をした。太陽の光が反射してバラ色に見える、レンガ造りの町の中心に位置する書店だった。

こういう集まりの時、自信がない表れだと思うのだが、私はお客さんたちの顔を真っすぐに見られない。客席と天井の間のぼんやりした空洞や、皆さんの足元の暗がりに視線を泳がせ、いかにも文学について深く考えを巡らせているかのようなふりをする。

しかしその日は、中盤を過ぎたあたりから、右手前方に座っている女性の姿が気になりはじめた。その人ばかりを見ていると思われないよう、意識すればするほど、文学的考察からはどんどん遠ざかっていった。

彼女は私の本を開き、虫眼鏡でずっとそれを読んでいた。一切、顔を上げることがなかった。朗読に合わせてページをめくっていたのかもしれない。しかし途中、フリートークになっても、質問コーナーになっても、彼女の姿勢に変化はなかった。私など存在していないも同然だった。その一角は彼女と本と虫眼鏡だけで完結していた。

黒っぽい地味な装いと、丸まった背中のせいで老人に見えたが、あるいは学生さんでもおか

しくない気がした。レンズは掌《てのひら》ほどの大きさがあり、重々しく、フレームと持ち手には何やら模様が彫刻されている。シャーロック・ホームズに夢中だった子どもの頃、こういうのが欲しいと憧れていたような虫眼鏡だ。とにかく彼女はそれを握り締め、私が何を喋《しゃべ》ろうと反応せず、ひたすらページを凝視し続けている。

私が朗読したのは、母親に監禁された子どもが、死んだ妹を蘇《よみがえ》らせるため、図鑑のページの片隅にパラパラ漫画を描く、という小説だった。彼女の虫眼鏡には何が映っているのだろう。朗読しながら私は思った。もしかしたら、小説の余白に重大な何かを発見したのかもしれない。私が書こうとして書ききれなかった、監禁された兄と死んだ妹のこの上もなく美しい世界を、彼女は読んでいるのだ。それは小さな余白の中に取り残された、作家自身も知らない物語だ。当然、私が書いた小説よりずっと傑作なのだ。

そんな思いにとらわれている間に、朗読会は終了した。お客さんは帰り、書店の方々が椅子を片づけはじめてもまだ、彼女はそのままだった。

ああ、あの虫眼鏡があれば、真に私が書くはずだった小説が、書けるはず。レンズに映る文字を書き写しさえすれば……。

「さあ、ヨーコさん、中庭でアペリティフをどうぞ」

彼女の方へ近寄ろうとする私の肩に、店長さんがそっと触れた。その瞬間、お腹《なか》がペコペコなのに気づいた。振り向いたら、案の定、彼女はもういなかった。白い影のように消えていた。

ブンちゃん

雨の朝、ブンちゃんが死んだ。八年前、甲子園の商店街にあるペットショップで買った、オスの文鳥だった。こんな小さな生きものは、どのようにして死んでゆくのだろうと、想像もつかない思いだったが、ごく自然な成り行きをたどった。少しずつ脚が衰えて止まり木に飛び移るのが辛くなり、ケージの底にいる時間が増え、やがて片隅にうずくまったきり動かなくなった。それでも二日ほどがんばったあと、コトッ、と音も立てずに旅立った。両親やラブラドールのラブが死んだ時と全く同じ、宇宙の摂理のままだった。

私はブンちゃんを参考にして、「ことり」という小説を書いた。小鳥としか喋《しゃべ》れない男の話で、多くの場面に小鳥が登場するため、書きあぐねるたびブンちゃんに助けを求めた。思わず撫《な》でたくなるふっくらとしたお腹のライン、漆黒の目と、それを縁取る赤いビーズのような飾り、柔らかな羽とは不釣り合いに強固な嘴《くちばし》、思いがけずグロテスクな脚、そして美しいさえずり。ブンちゃんが目の前にいるだけで、主人公の姿が浮かび上がって見えた。さえずりはいつでも、物語が進むべき方向から聞こえてきた。この小説で私が何を書くべきなのか、ブンちゃんだけが知っていた。

毎朝、水を取り換える時、指先についた水滴を上手についばんだ。でも私が絆創膏《ばんそうこう》を巻いていると、怖がって逃げ回った。玄関先で宅配便の人と会話しただけで、自分も仲間に入れてくれと大騒ぎした。餌箱に頭を突っ込んで、たくさん食べた。時折、窓の向こうのミモザの木を見つめていた。

いつだったか、玄関の鍵を修理に来た初老の職人さんが、ブンちゃんを見て、

「ああ、これが『ことり』のモデルですね」

と言ってくれたことがあった。その言葉がなぜか心に深く染み入った。作品の感想を述べるよりももっと確かな方法で、自分の小説が間違いなく読者のもとへ届いている証拠が、示されたように感じた。

最期は、嘴を籠の隙間から半分だけ外へ出していた。両脚はきちんと対称に折り畳まれ、まぶたは閉じられ、羽はまだ柔らかさを失っていなかった。掌《てのひら》に載せると、小鳥だけが持つ特別な小ささが伝わってきた。何か偉大なものによって創造された、さえずりと同じ美しさが、その小ささの中に満ちていた。

雨に濡れながら、ミモザの下にスコップで穴を掘った。ブンちゃんはお利口に横たわった。かつてラブの骨を埋めた場所のすぐ隣だった。あちらの世界で、ラブと一緒に仲良く遊びなさい。小鳥と犬、どうやって遊ぶかよく分からないけれど、きっとあちらでは、何もかもが上手くゆくようにできているはずだから。

J・D・サリンジャーを描いた映画「ライ麦畑の反逆児」を観《み》ていたら、戦場へ赴く息子に母親が、毛糸の靴下を送る、と言って鬱陶《うっとう》しがられる場面があった。息子は皆にからかわれるのが恥ずかしいのだ。

どうして母親の愛情はこんなふうに誤解されがちなのだろう。ただ真《ま》っ当《とう》な愛を注いでいるだけなのに、子離れできていないとか気持ち悪いとか言われる。

でも、靴下は大事だ。ナチス・ドイツの強制収容所でも、足に負った怪我《けが》は命取りだった。終戦後、大陸から引き揚げてくる際、最初に脱落したのは満足な靴を履いていない人々だった、との体験記を読んだこともある。案の定映画では、凍死寸前のサリンジャーを母の靴下が救う場面が出てくるではないか。

さてここで、同じくサリンジャーの「フラニーとゾーイー」が思い出される。ここにもまた、〝的外れ扱い〟を受ける母親が登場する。世界に対する違和感と苛立ちで神経がずたずたになってしまい、家に閉じこもっている娘フラニーに対し、母親はしきりにチキンスープを飲ませようとする。ほとんどそれしかしていない。子どもたちが自ら抱える複雑さに四苦八苦し、頭

と言葉でどうにかそれをねじ伏せようとしている時、何度無視されようと、母親はチキンスープを差し出す。

ラスト近く、小さな、しかし絶対的な転調が訪れる。少女とダックスフント、太ったおばさん、そんな名もない平凡な存在たちが、不意に、偉大な光を放ちはじめる。あれほど込み入っていたフラニーの苦悩が、一つの単純な光に集約されてゆく。そして母親のチキンスープこそが神聖な祈りそのものだ、と娘は気づく。

そう、母親とは、いつどんな時でもまず、子どもの命を救おうとする生きものなのだ。フラニーの母親は息子を自殺と戦争で失い、その死を受け止めきれずにいる。誰とも分かち合えない苦痛を抱えた人間が差し出すチキンスープには、到底理屈では説明しきれない真実が含まれている。それは理屈を超えた先にフラニーを運び、言葉など必要としない微笑《ほほえ》みをもたらす。一見ピント外れのようであっても、チキンスープこそが正真正銘の愛なのである。

たまに息子が帰ってくると、私は豚汁を作る。一晩置いた方が味がなじんで美味《おい》しかろうと、前の日からせっせと煮込む。たくさんの野菜とタンパク質を同時に摂取できる豚汁は偉大だ。

人参《にんじん》、ゴボウ、大根、白菜、シイタケ、何でもかんでも鍋に放り込む。野菜や豚肉と一緒に、こっそり別の何かも混入している。意識しなくても勝手に私の手からこぼれ落ちてゆく。そんなことには気づきもしないで、彼は黙々と豚汁をすする。

ミュージカルに目覚めた途端、スケジュールの管理が大変になった。それまでは、スケジュール、というほどの大げさなものとは無縁だった。手帳にぽつぽつと記される原稿の締め切り、ただそれだけを意識していればよかった。

しかし、舞台を楽しもうとするなら、そうはいかない。公演の発表は何か月も前になされる。夏に真冬の、冬に真夏のことを考える必要に迫られる。と同時に数々の重要な事柄が手帳に書き込まれてゆく。先行予約抽選、抽選結果通知、ネット先行販売、ファンクラブ会員限定予約、貸し切り公演、追加公演、機材席開放……。ぼんやりしている暇はない。

いざ席が確保できても、代金の支払いとチケットの受け取り方がまた複雑だ。カード引き落としなのか、郵便の代引きなのか。コンビニの窓口で予約番号を伝えるのか、専用の機械を自分で操作するのか。あるいはＱＲコードを劇場の入り口でかざせばいいのか。複数の公演につき、これらが微妙に絡み合ってくる。

時に、昔ながらの電話での申し込みを受け付けてくれる公演があると、ほっとする。迷わず電話をする。たいてい相手の方は優しく受け答えしてくださる。

「お支払いの方法は三つございますよ。お手元にメモ用紙とペンはございますか？　はい、では、その一……」

という具合で、人間味にあふれている。思い通りに動かないパソコンにイライラして、画面に悪態をつく必要もない。

私は日に何度も手帳をめくる。発券の期日、予約の開始日、入金の期限、確かめるべき日時はいくらでもある。もちろんその合間に埋まっている原稿の締め切りにも注意を払う。チケットの入手にエネルギーを費やすあまり、肝心の公演日や開演時間、劇場を勘違いしている場合もあるから、油断がならない。いつか、十八時開演を開場と思い込んで遅刻するのではないか、シアターオーブとシアタークリエをうっかり間違えてしまうのではないか、と恐れている。

待ちに待った公演の日程が発表になる。私は半年先の真っ白のページをにらみ、確実に足を運べる日、遠征が可能な日を思案する。その時、命がある保証もないのに、そんなことはすっかり忘れている。未来の一点に、自分の足跡を刻むように、公演名を大きな字で書き込む。その一行が、人生を先回りし、光を放ちながら私を待ってくれているような、小さな幸福を感じる。

さあ、いよいよ当日がやって来る。その日、一回限りの、決して再現ができない、生身の人間だけが作り上げることのできる世界へ、一歩、足を踏み入れる。ちゃんとチケットを持ったか、私はもう一度ポケットを確かめる。

ミリアム

カポーティの短篇小説「ミリアム」（川本三郎訳）を読んでからは、例えば電車の中や病院の待合室で見知らぬ誰かに話し掛けられても、あまり動揺しなくなった。

知り合いだったかな、と勘違いするほどの上機嫌で次から次へと質問を繰り出される、いきなりタイガースの不甲斐《ふがい》なさについて同意を求められる、延々とお嫁さんの愚痴を聞かされる……。いずれにしても以前なら、どうやって相手を不愉快な気分にさせずに、さり気なく会話を終わらせるか、あるいはその場を立ち去るか、考えすぎて疲れてしまっていた。ミリアムと同じ罠にはまってもおかしくない場面が、何度もあった。

大した楽しみもなく、地味な毎日を送る未亡人のミリアムは、ある雪の夜、映画館で自分と同じ名前の少女から声を掛けられる。少女は何のためらいもなく、やすやすと境界を踏み越え、独自のやり方で少しずつ、未亡人の生活を崩壊させてゆく。その過程が常軌を逸していて、だからこそ余計に少女から目が離せなくなる。

少女は、未亡人のブローチを勝手に自分のブラウスに飾る。花瓶を床に叩きつけて割り、造花を踏みつけにする。わたしに会えてうれしい？と問い、遂《つい》には、ここに住むつもりだ、と言

いはじめる。

もちろんそうした振る舞い自体も恐ろしいのだが、もっと逃れがたい狂気を感じるのは、ペパーミントを舌で転がしたり、皿のパン屑《くず》を指でかき集めたり、さくらんぼの柄をねじり取ったりする少女の何気ない仕草《しぐさ》に、焦点が当たっている点だ。その一行一行から、気色の悪い粘液が染み出している。

粘液に絡めとられたように未亡人は、ガラスの花瓶と生花を買う。つやつやしたさくらんぼと、アーモンド・ケーキを買う。どうしても少女を拒絶することができない。

明らかに少女は未亡人の内側から現れ出た存在なのだ。彼女たちは互いに含まれ合っている。拒絶したって意味はない。

というわけで、いきなり話し掛けられた時は、相手を自分だと思うようにしている。胸の奥に閉じ込めている何かが、目の前に姿を現している。聞こえない振りをしている心の声が、今、自分に向かって発せられている。そう考えれば、迷惑がったり、気を遣ったりする必要はない。下手にじたばたしてもいっそう深みにはまるだけだと、ミリアムが証明している。

巡り合えた偶然に感謝しながら、相手の言葉にじっと耳を澄ませればいい。問われたことに、素直に答えればいい。つまり他者を切り捨てるのではなく、自分を丸ごと受け入れるのだ。たやすいことではないか。誰でも皆、自分自身からは逃げられないのだから。

終わりの予感

本を読むのはもちろん好きだが、本棚の前をうろうろしながら、本についてあれこれ自問するのも好きだ。例えば、忘れがたい小説のラストシーンベスト3は？

その一「園遊会」（キャサリン・マンスフィールド）

生まれて初めて死体を目にした少女が、当然の真理として死を受け入れた貧しい男に、美を見出す。絶句する少女の声なき言葉を、兄が優しく受け止める。最後のページから響いてくるのは、死を共有する者同士にのみ通じ合う無言だ。

その一「ミリアム」（トルーマン・カポーティ）

わたしに会えてうれしい？　ねえ、他の話をしましょうよ、わたし、これ欲しいわ、お好きなように……。ミセス・ミラーの人生に無遠慮に割り込んでくる少女、ミリアム。彼女の口にする言葉すべてが恐ろしい。なぜ自分が怖がっているのか、分からないままに恐ろしい。そして最後の一言「ハロー」。これほど深く撃ち込まれる、楔《くさび》のようなハローを、他に知らない。

その一「怒りの葡萄《ぶどう》」（ジョン・スタインベック）

農地を奪われ、新たな仕事を求めて改造トラックで西へ西へと移動するジョード一家。差別

と貧困の中、あらゆる希望が失われたあと、死産したばかりの長女は、飢え死にしかけた行きずりの男に、自らの乳を含ませる。この場面を読むことは、名もない小さな聖堂に足を踏み入れ、奇跡に似た祈りの声を聴くのに等しい。

小説には必ず終わりが来る。小説を書いている時、ここが終わりだと、一体誰が決めているのか、不思議に思うことがある。作家本人が好きなところでピリオドを打てばいいのは分かっているのだが、そう単純には割り切れない。

たいてい、そろそろだな、という予感がする。その予感は、自分の内側ではなく、もっと遠いどこかから発せられている。小説が生まれる原初の泉か、元々小説が眠っていた地層の奥か、とにかく作家自身でさえ無闇《むやみ》に踏み込めない遠い場所だ。

「ああ、そうなんだな」

必ず私は納得する。たとえ自分の計画と違っていたとしても、抵抗したり異議を申し立てたりしない。小説が終わろうとしている地点でペンを置く。作家の浅はかな計画より、あらかじめ定められた運命の方が正しいとよく分かっているし、その場所を自分でも確かめてみたいからだ。

園遊会の少女も、ミリアムも、赤ん坊を失った長女も、きっとそのようにしてその場所にたどり着いたのだろう。だからこそ、読む人々の心を打つ。だとすれば、自分の人生の終わりも、より正しい何ものかが教えてくれるに違いない。そうであってほしい。たぶん、そうだと思う。

文章を光らせるもの

先日、図書委員の生徒さんに招かれ、とある学校の図書室へ行った。中学一年生から高校三年生まで、皆少年だった。

彼らは私の小説について、意味深い質問をたくさんしてくれた。どれほど丁寧に作品を読み込んでいるか、すぐに分かった。頭でこしらえた質問ではなく、感じ取ったものを心に映し出し、それを誠実に自分の言葉で表現していた。その言葉が、作品に思いも寄らない新たな光をもたらしたり、無関係なはずのある場面とある場面を結び付けたりした。同じ小説を共有しているというだけで、お互い、いくらでも話したいことがわき上がってくるようだった。

途中、私の標本への偏愛が話題にのぼった。図書室の下に、標本室があります。ご案内しますよ。という話になった。そこは、理科準備室の半ば忘れられた片隅、などとはレベルの違う、今すぐ博物館として開館すべきだと思われるほどの見事な標本室だった。動植物、化石、鉱物、剝製、骨格、ホルマリン漬け……あらゆる種類が揃っていた。

さっきまで図書室で大人しく座っていた少年たちは、一斉に棚の間に解き放たれてゆき、それぞれお勧めの標本を私に見せてくれようとした。飛べない鳥、キウイの剝製を指さす少年も

いれば、蝶の標本箱に視線を落とし、「ヘッセの小説に出てくる、〃僕〃が壊したエーミールの蝶は、こんな感じかなあ」とつぶやく少年もいた。うなずきながら、お喋《しゃべ》りしながら、私たちは自由に標本室を歩き回った。死後の世界へ行く途中、こちらの世界に留め置かれた標本たちの、圧倒的な無言の中に、彼らの声が響いていた。まるで、生命そのもののような声だった。

お土産にチョコレートと、名前入りの鉛筆、文藝部の文集、そして会の中心になってくれたK君から、緻密で美しい自作の絵をプレゼントしてもらった。以前、K君がサイン会の時手渡してくれた手紙には、手作りの切手が一枚、貼ってあった。小鳥のいない鳥籠の絵が描かれていた。余計な説明は不要だった。彼からのプレゼントは、自分の書いた小説が、必要としている人の手元に届いているのだ、ということの証拠だった。

帰り、同じ方向の電車に乗る少年と一緒になった。「博士の愛した数式」の一節を朗読し、「この文章が僕には光って見えました。どうしてでしょうか」と質問した中学一年生だった。乗換駅までの間、座席に並んで座り、他愛《たあい》もない話をした。電車のドアが閉まり、姿が見えなくなるまで、私は手を振った。彼ははにかんだ笑みを返してくれた。文章を光らせたのは作家ではない、あなた自身ですよ、と胸の中で何度も繰り返した。

小説を書いていると時折、こんなご褒美のような一日がある。

幸福のおすそわけ

飛行機の中で、CAさんが子どもたちにちょっとしたおもちゃを配る、あのサービスが好きだ。出発準備が一段落した頃、おもちゃの入った籠を提げて、CAさんがやって来る。

「私の斜め後ろと、通路を挟んだ左隣にいますよ。籠の中身を必要としている子が……」

万が一、見落とされたらどうしようと心配でたまらず、心の内でそっと呼びかける。でも大丈夫。何番の席に何歳の人が座っているか、あらかじめチェックしているのだろう。どんなに小さな子でも、お母さんの胸でぐっすり眠っていても、CAさんはちゃんと見つけてくれる。体をかがめ、さあどれでも、好きなものをどうぞ、という笑顔を浮かべる。

彼らは最初、不意に差し出された親切に、ためらいの表情を見せる。自分に何が起こったのか、理解しようとする。そして、親の目を見る。そこに了解の印を認めるや否や、あとはもう、心行くまで幸運に浸るばかりだ。

大事なのは、全部もらえるわけではなく、一個を自分で選ぶ点にあると思う。数の多さより、選ぶ自由の方がずっと重要なのだ。この自由を喜ばない子どもがいるだろうか。身を乗り出して籠の中を覗《のぞ》き込む、彼らの目の輝きに、私はいつも心打たれる。怪しい人だと誤解されるか

もしれないと恐れつつ、どうしても彼らと喜びを分かち合いたい気持ちを抑えきれず、横目でちらちら様子をうかがう。

この子はシールかな、それとも飛行機の模型かな、と勝手に予想する。もちろん大人の私は、実物を手にしたことはないのだが、搭乗のたび、横目で情報を収集してきた結果、おもちゃのだいたいの実態をつかんでいる。予想が当たれば、まるで自分が良い事をしたかのような錯覚に浸れるし、予想が外れると、してやられたな、という爽快な気分を味わえる。どちらにしても楽しい。

じっくり迷う子もいる。あまり深く考えず、反射神経で選ぶ子もいる。小さすぎてお母さんが代わりに選ぶ場合もある。自分だけのおもちゃを手にし、早速袋を破ろうとする。独自の遊び方を編み出す。訳も分からず口に入れる。振り回す。

幸福な子どもがすぐそばにいるだけで、幸福を分けてもらえる。自分以外の誰かのために祈りたい気持ちになれる。

先日、子どもの姿はないのに、隣の席の女性にCAさんが、「もし、よろしければ」と声をかけていた。女性は妊婦さんだった。「男の子なので、じゃあ、これを」と、その人は飛行機の模型を選んだ。

小さなやり取りが、心に染みた。これから産まれてくる赤ちゃんが、楽しく模型で遊んでくれたらいいなあ、と思いを巡らせているうち、飛行機は離陸をはじめている。

すべては奇跡

その日、私は予定より早く家を出る。本当はぎりぎりまで粘って、一枚でも小説を書き進めておくべきなのだが、どうにも落ち着かず、集中できない。ならば、いっそのこと出発してしまおうと思ったのだ。

早め早めに行動するのは大切だ。途中、何が起こるか分からない。電車が止まる、転んで足を折る、鞄《かばん》をひったくられる、キャッチセールスにつかまる、具合の悪い老人を救助する……。あらゆるところに危険が潜んでいる。しかし時間に余裕があれば、大方のアクシデントには対応できる。

その時間、そこへたどり着けなければ、数か月にわたり心待ちにしていた楽しみを、ふいにすることになる。そんな事態にはとても耐えられない。想像しただけで気を失いそうになる。

通い慣れた道のりなので、電車の何両目に乗って、どの改札を出て、どう歩けばいいか、全部頭に入っている。案の定、早すぎる。扉はまだ閉まっている。でも入り口付近には私よりも更に早く到着したらしい人々が、縁石に腰掛けたり、パネルを写真に撮ったり、ただ大人しくたたずんでいたりする。

「そうですよね。やっぱり待ちきれませんよね」

と私は勝手に共感して、その人たちに無言の言葉を投げかける。あるいは自分よりずっと熱心な人々がいる、という事実に、なぜか嫉妬を覚えたりもする。

とりあえず近くの喫茶店で時間調整をする。心を整えるのにうってつけの静かなお店を、ちゃんと確保している。温かい飲み物を、ゆっくりと口に運ぶ。油断しているとつい、「いよいよだ」と、つぶやいてしまいそうになる。何度も鞄からチケットを取り出し、開演時間を確かめる。そしてそれが、間違いなく自分の手の中にあるという感触を味わう。

喫茶店もやはり早めに出て、再び劇場へと歩く。道を行く人々が皆、同じ場所を目指しているようで、気が急《せ》く。十分時間はあるはずなのに、自然と早足になる。

もうあとは胸が高鳴るばかりで冷静に描写できない。チケットを差し出す。「一階三番の扉からどうぞ」という係の人の声も上の空だ。パンフレットを買い、キャストボードをチェックし、トイレでお化粧を直す。客席に入り、薄暗がりの中で自分の席を探す。チケットにあるのと同じ番号を見つける瞬間が、私は好きだ。自分のための居場所がちゃんとそこにあると、示されている気がするからだ。

いよいよ、そう、本当にいよいよ、序曲が鳴り響こうとしている。

これが、コロナ禍前の私だ。あの頃は、何もかもが当然だと思っていた。そのことを、誰に向かってかはよく分からないが、謝りたい。すべては奇跡だったのだ。

本屋さんの最終日

近所の本屋さんが閉店になった。道路に面したラックに、学習雑誌や週刊誌が並んでいる、昔ながらのこぢんまりしたお店だった。ある日、閉店のお知らせの貼り紙を見て驚いた。あまりにもしっくりと町になじみ、そこにあるのが当然、といった雰囲気を漂わせていたからだ。入ってすぐ右手、旅行関係のコーナーが充実していて、初めての場所へ出掛ける時は、よくガイドブックを買った。ブルージュ、デルフト、ザルツブルク、金沢、トゥールーズ……。文学祭に出席したり、現地に住む友人を訪ねたり、目的はさまざまだったが、どの旅行でもガイドブックが役に立った。旅の充実を証明するように、それらはどれも角がすり減り、あちこちに貼った付箋は折れ曲がり、重要な箇所に引いた蛍光ペンのアンダーラインは、心なしか色あせている。そんな数冊が、家の本棚に仲良く並んでいる。

時間つぶしに店内をふらふらしている時、何気なく手に取った本がきっかけになって、小説を書いたこともある。なぜその本に目が留まったのか、自分でも理由は説明できず、もちろん小説のヒントになるなどとは思いもせず、ただ本屋さんの書棚の前で、幸福な偶然が起こった、という以外に説明のしようがない。こうしてみると小説とは、偶然の手助けなしには書けない

ものだと実感させられる。作家の才能など、さほどの問題ではないのだ。

息子が入院している時、頼まれたファッション雑誌を買ったのも、ここだった。急な入院で気が動転していた。駆け込むようにしてお店に入ると、息子が説明したとおりの場所に、求める雑誌があった。それを見つけた時は、うれしかった。書棚に置かれたその一冊が、息子の無事を予言しているかのように思え、大事に抱えてお店を出た。

最後の日、店内は普段どおり、地元のお客さんでにぎわっていたが、棚は隙間が目立っていた。書店の棚がびっしり埋まっていないとこんなに寂しげなものなのか、と思い知らされるようだった。私の文庫本も数冊、そこにあった。売れ残ったらどうなるのか、心配しつつ、自分で買うのはやはり不自然な気がして、店員さんにお礼を言ったあと、一人、静かにお別れした。

今、本屋さんのあった建物は、改装されるでもなく、新しいお店が入るでもなく、がらんとしたままになっている。一つ、本屋さんが消えてなくなることは、誰かにとってのかけがえのない思い出が、遠ざかってゆくのに等しい。空洞の元本屋さんが目に入るたび、その事実を突きつけられる気がして、できるだけ前を通らないようにしている。昔ここに本屋さんがあったな、とつぶやくのは、やりきれない。

読者の働きがあってこそ

O・ヘンリーの『最後のひと葉』ほど、多くの人々に粗筋を知られている小説はないだろう、と思われる。窓から見える枯れ葉の、最後の一枚が散ったら自分は死ぬ、と信じている病人が、いつまでたっても落ちない枯れ葉に励まされ、元気になる。実はその葉は、友人が描いた絵だった……。これでたぶん、間違ってはいないはずである。

ところが先日、仕事で久しぶりに読み返す機会があった。すると、いろいろいい加減な思い込みをしていたことが判明し、驚かされた。まず、段ボールか何かを切り抜いて枯れ葉色に塗り、枝にくくりつけていた、と思っていたのだが、本当は煉瓦《れんが》の壁に描かれた絵だった。そしてそれを描いたのは、同じアパートに住む、売れない老いた画家、ベアマンさんであり、友人の女性ではなかった。さらには、夜中、こっそり雨に打たれながら枯れ葉を描いたベアマンさんは、肺炎で死んでしまうのだ。

なぜか、私の記憶から、老人画家の姿は完全に消えていた。病人のために細工をしたのは同居する友人の女性だろうと、勝手に決めつけていた。そのうえ老人が、生涯の最後に真の傑作を残し、若い人の身代わりになるようにして亡くなったとは、思いもしなかった。

『最後のひと葉』は、友情によって命を救われる、単純なハッピーエンドのお話ではなかった。命をつないでゆくための犠牲と、芸術の意味を問いかける、深い物語だった。

もう一つの発見は、同じアトリエに暮らす二人の女性が、友情を超えた愛で結ばれていると暗示されている点だ。生と死のはざまに立たされた彼女たちの結びつきが、いかに特別なものか、文章のそこかしこにさり気なく表現されている。遠い昔、小学生の頃に読んだ時には、少しも気づかなかった。

ほんの数ページしかない小説でも、一度読んだだけでは見えてこない世界が隠れている。活字の間からこぼれ落ちてしまう何かがある。安易に分かったつもりになるのは、読み手の傲慢《ごうまん》さに他ならない。今はただ、ベアマンさんに謝りたい気持ちでいっぱいだ。

だからこそ再読には意味があるのだと思う。百年でも二百年でも小説は、書かれた時のままの形でそこにあり続ける。にもかかわらず、読み手の成長や社会の変化によって、見せる姿が違ってくる。その時必要とされているものを、差し出してくれる。つまり小説は、作家一人の力で書かれるのではなく、読者の働きがあって初めて、成立できるのだ。

私が死んだあとも、小説を読んでくれる人はいるだろうか。そうであったらどんなにいいだろう、と時々考える。贅沢すぎる願いだとは十分承知しているが、その想像は私に安らぎを与えてくれる。

いつか終わる

野球を観《み》るのは大好きなのだが、いつもただ一つ気がかりなのは、終わる時間がはっきりしていない点である。

「いつ終わるか分からないものを、今、自分は観ているのだ」

その思いがちらっとでも頭によぎると、落ち着きがなくなる。何とも言えない不安が押し寄せてくる。

まず、点数に上限はない。一〇〇点でも二〇〇点でも取って構わない。更には、アウトを三つ取らないかぎり、一時間かかろうと二時間かかろうと次の回には進めない。

考えてみれば不気味なスポーツではないか。実際にはコールドゲームがあったり、延長戦の上限が決められていたりするわけだが、それも結局、放っておけば野球は永遠に続く恐れのあるスポーツだと、認めている証拠に他ならない。

そう考えれば、サッカーやバスケットなど気が楽だ。時間が来れば必ず決着がつくのだから。

「誠に申し訳ございません。放送時間が残り少なくなってまいりました」

アナウンサーがそう言う時。あるいは帰りの電車の都合でどうしても最後まで見届けられず、

途中で球場を後にする時。無事に試合は終わるだろうか、と心配になる。もちろん阪神タイガースの勝ちを願う気持ちの方がずっと大事なのだが、その裏で、うっすらと、その不安が影を落としている。

テレビ放送が終わったあとも、私が家に帰り着いて眠りに落ちたあとも、延々と球を追い続けているかもしれない選手たちのことを思い浮かべ、気の毒になる。終わらないかもしれないスポーツに縛られた彼らが抱える恐怖とは、いかばかりなのか。想像するだけで背筋が寒くなる。

しかしなぜか、私の不安をよそに、いつの間にか野球の試合は終わっている。翌朝、新聞を開けば、勝ち負けがついている。引き分けでもちゃんと試合は成立している。たとえ阪神が負けていたとしても、とにかくほっとする。

野球の神様が、そろそろこのあたりで、というしかるべき時に、決着をつけて下さったのだろう。選手たちも観客も、とにかく永遠の恐怖から逃れられたのだ。何よりありがたい。神様に感謝しなければならない。

世の中の、すべてのことはいつか終わる。恋人との楽しいデートも、夫婦喧嘩も、つまらない仕事も、病気の苦しみも、本人の努力とはまた別のところで、何ものかの差配により、終わりの時が告げられる。

だから、別に怖がる必要などないのだ。どっしり構えておけばいい。終わりが来るのに最も

適した時を、示してくれる何ものかが、この世には存在している。その人に任せておこう。そう思えば、いつか必ず尽きる寿命も、多少は余裕を持って受け入れられる気がする。

Ⅱ　手芸と始球式

手芸と始球式

ある雑誌のインタビューで、
「何か野望はありますか」
と尋ねられ、一瞬たじろいだ。

野望、という言葉が記者の口から勢いよく発射され、ぐんぐんこちらに迫ってくるような気がした。特に濁音の〝ぼ〟が強力なエンジンとなり、〝や〟と〝う〟を引き連れ、赤々と燃える炎を吹き出していた。どう答えていいか分からないまま、私はしばらく黙っているしかなかった。

大河ドラマや映画の謳い文句やゲームの世界では時折見かけるけれど、日常生活ではあまり使わない言葉である。特に私のような、意気地のない怠けものには縁がない。

政権奪還、王位継承、天下統一、世界制覇……こういうものにこそ野望は似合う。それにひきかえ私の人生は、犬の散歩、ご飯の支度、野球観戦、原稿、だいたいこの四つで事足りている。越えるべき一番の山は、おそらく締め切りだろう。王位や天下とはあまりにスケールが違いすぎる。

ところが先日、仕事関係の仲間たちと食事をしている時、各々が感じる小さな幸せについて語る流れとなり、これは盛りあがった。ある人にとって小さな幸せとは、会社からの帰り、コンビニでポテトチップスを買い、真夜中に一人で食べることだった。懸案事項が一つ片付く、上司に褒められる、書類が綺麗に仕上がる。そんな一日の終わり、コンビニに寄り道し、一番好きなポテトチップスの袋を一つだけ手に取る。そしてベッドに寝転がり、誰に遠慮もなく、一袋全部を平らげるのだ。もっとも最近は、中年太りを気に懸け、小袋限定にしているようだが。

　また別の人は、ベランダで育てているプランターの野菜たちに小さな幸せを見出す。疲れきって家に帰り着き、まず懐中電灯を持ってベランダへ出る。暗がりの中から、さやえんどうやプチトマトやルッコラが浮かび上がるのを見て、そこに宿る生命力に慰めを感じる。

　あるいは、マンションの俳句サークルに入会し、俳句を作りはじめたばかりの人がいた。全くの初心者で、季語が二つあるような奇妙な句しかまだ作れない彼女の喜びは、サークルの中で自分が最も若いということだった。五十歳を過ぎ、どんな仕事の現場でも最年長者になるケースが多くなった中、俳句サークルでは一番年若く、一番未熟な存在でいられる。思う存分、恥をかける。それが幸せなのだ。

　私の場合は、手芸だろうか。これは全くの自己流である。母は手仕事の上手な人で、編み物一つとっても機械編み、棒針編み、かぎ針編み、何でもセミプロ級だったうえに、洋裁、和裁、

パッチワーク、刺繡、染色、機織りと、どんどんジャンルを広げていった。母がせっせと楽しんでいるそばで、私は全くの無関心だった。「へえ、それどうやってやるの？」と尋ねることもなく、どんな大作が完成しても、ただ「ふうん」と言うばかりで、「すごいね。これ私に頂戴」とねだることもなかった。

それが二年ほど前、母が病に倒れ、あれほど好きだった手芸が何一つできなくなった途端、手芸の魂が乗り移ったかのように、俄然私のやる気が出てきたのだった。私はデパートの手芸コーナーで初心者向けのセットを買い、手始めにかぎ針でひざ掛けを編み、次にバッグを縫い、テーブルセンターに刺繡をしてみた。

何しろそういうことは中学校の家庭科でやって以来なので、小さなバッグを一つ作るにも半年以上かかった。完成する頃には説明書はくたくたになり、さまざまな書き込みにあふれ、半ば破れかけていた。

母親に聞けばすぐに喜んで教えてくれたろうに、今ではもう口がきけなくなってしまった。いくらでも教えてもらうチャンスはあったのに、愚かな私はその機会を逃してしまった。

どうにかこうにか一日のノルマを終え、晩御飯の洗い物も済ませ、「やれやれ」などとつぶやいて裁縫箱を開ける。ラジオから流れてくる阪神戦の中継を聞きながら、毛糸玉をほぐし、かぎ針を持ち、説明書を広げる。間違えないように慎重に編目を数え、新しい模様を編んでゆく。

それが編み上がったからといって、何の役に立つものでもない。もちろんお金にもならない。にもかかわらず私は無心でかぎ針を動かす。阪神がチャンスになると、ちょっと手を止めて念を送る。何の役にも立たないことを一生懸命しているその時、小さな幸せが私の心に訪れる。

さて、例の野望問題であるが、いつまでも黙ったままでいるわけにもいかず、頭を絞って答えた。

「甲子園で始球式をすることです」

インタビュアーが満足そうにうなずいてくれたので、私は安堵した。

指と果物

武田百合子さんのエッセイ『枇杷《びわ》』の中に、夫、泰淳が指をべとべとにしながら、枇杷を口へ押し込む場面が出てくる。夫が二個食べ終える間に、百合子さんは八個を平らげる。泰淳の死後、彼女は向かい合って枇杷を食べた情景を思い起こす。そしていつしか、自分は枇杷と一緒に夫の指と手も食べてしまったのでは、との思いにとらわれる。

　確かに、指と果物は相性がいい。庖丁を使わず指だけで皮がむける果物はたくさんある。みかん、葡萄《ぶどう》、無花果《いちじく》、バナナ、桃。イチゴには皮さえない。スイカは庖丁がないと切れないが（バットで叩き割るというやり方がないではない）、そのあとはスプーンなど使わず、手づかみでガブリとやるのが楽しい。瓜に近い安いメロンを食べる時も、こっそりこの方法を採用している。もちろん結婚披露宴のデザートに出てくるマスクメロンは、お行儀よく先割れスプーンを使うけれど。

　手で皮をむくと果汁が垂れてくる。当然、手がべたべたになる。するとなぜか野性の血が目覚め、勇ましい気持になってくる。人間がまだありのままの姿で生きていた時代、ジャングルの木によじ登ってもいだ果実に、かぶりついていた頃の記憶がよみがえってくる。みかんの汁

を両手にすり込みながら、ああ、やれやれ、ひとまずこれで今日一日は生き延びられる、と安堵していたりする。みかんの汁は、どんな高級ハンドクリームよりも強力にしもやけを治す。

　私は桃が一番好きだ。ふるさとの岡山では、傷のついた出荷できない桃を、いくらでも安く買うことができた。夏の昼下がり、おばあちゃんがよく桃をむいてくれた。頭の割れ目を、庖丁の刃でちょっとつつけば、あとは自然に皮が、ぬるりぬるりとめくれてゆく。たちまち甘い香りが立ち上ってくる。おばあちゃんの小さな皺だらけの指が、果肉に少しずつ埋もれてゆく。手の甲に、お皿に、結婚指輪に、汁が垂れている。節が太くなって、結婚指輪はもう抜けなくなっている。

「服にこぼさんようにな。桃の染みはなかなか取れんから」

と、おばあちゃんは言う。お嫁さんの仕事を増やさないように気遣って、毎回そう注意する。弟と私の分、けんかにならないようおばあちゃんは上手に切り分けることができる。種に残るわずかな果肉も見逃さない。

　こぼさないように、との注意も忘れ、私は夢中で食べる。それが当然の権利のように思い、何の疑問も感じない。すきがあれば、弟のを横取りしてやろうと狙ってさえいる。

　私たちの向かいで、おばあちゃんは種をしゃぶる。もうほとんど食べるところなど残っていないはずの種を口に押し当て、じゅるじゅるといわせる。いよいよ指は、汁まみれになる。あの時私はどうして、

「一切れあげるよ」

と言ってあげなかったのだろう。

桃を食べた日は、夜までずっと、おばあちゃんの指は桃の匂いがした。

私に必要な忍耐

この世の中を生き抜いてゆくためには、何より忍耐が必要だ。私のように根性のない、気抜けした人間は、よほど心してかからねば、どこで足元をすくわれるか分からない。一度落ちたら、二度と這い上がってはこられない底なし沼が、あちこちに潜んでいる。ほんの一瞬の油断が命取りになる。だから私は今日も、できるだけ首をすくめ、視線を伏せ、「我慢、我慢、我慢……」と呪文のように唱えながら、用心深く町を歩いている。

最近は物騒なせいか、プラットホームや事務所やショッピングセンターや、あらゆる場所に非常ベルが備え付けられている。それは思わず、人差し指の腹で押してみないではいられない、綺麗な赤色をしている。そのうえ、上から透明なカバーが被《かぶ》せてある。あれは、ビニールなのか、プラスチックなのか。それを突き破る時の感触とは、どのようなものなのだろうか。私の力でも大丈夫だろうか。透明な小部屋の奥にひっそりと隠れている赤いボタン。それを押してみたい。人差し指の第一関節が反り返るくらい、力強く、思い切り……。

お洒落《しゃれ》なお嬢さんが向こうから歩いてくる。耳たぶでアクセサリーが揺れている。私が最も好むのは、大きな輪っかのピアスだ。その輪っかに指を引っ掛け、ピッ、と引っ張る。一瞬の

ことで、お嬢さんは自分の身に何が起こったのか気づきもしない。ただ私の手に、耳たぶのちぎれる感触（餃子の皮をちぎる感触と同じ）が残るだけだ。お嬢さんの耳たぶは、先が蛇の舌のように、二股に裂けている。

ある日私は、みかんを食べる時、白い筋を一本残らず全部取ろう、と決意する。小指の爪を伸ばし、どんなに細い筋も見逃すまいと、目を凝らす。体温でみかんがぬるくなってもお構いなし。唾を飲み込み、ひたすら筋を取り続ける。いつしか冬が過ぎ、春も過ぎ、夏が来て、私の掌《てのひら》で、みかんはぐずぐずに腐っている。

博物館に行くと、展示室の片隅に腰掛けている人物ばかり見学している。そこには男性、女性、若者、老人、さまざまな人がいる。展示物にいたずらする不届き者がいないか、静かに監視している。私は彼らにそっと近寄り、肩先をチョンチョン、とつつく。「ごめんなさい。展示物かどうか、確かめたかったんです」と言って私は、そこから立ち去る。

欠航と化粧品と号泣

搭乗直前に、雷で飛行機が欠航になった。もたもたしているうち、後の飛行機は全部満席になってしまい、仕方なくホテルに泊まることにした。

何かの拍子に予定が狂うと、不安になったり、焦ったりするものである。好きな小説を自由に書いている私のような人間でも、多少は予定というものがあるのだ。しかし雷に文句を言ってもはじまらない。とりあえず、お化粧品の一泊セットを買うため、コンビニに向かった。

横断歩道で信号を待っていると、不意に、斜め後ろあたりから、おじいさんの乗った自転車がふらふらと近づいてきた。信号はまだ赤い。当然、止まると思われた自転車はなぜか、私と、隣に立っていた母娘の間に前輪を突っ込む形で、ばったりと倒れた。予想外の動きに恐れを感じたのだろう。直接ぶつかったわけでもないのに、三つくらいの女の子はお母さんにしがみついて号泣しはじめた。

とっさに私はおじいさんを助け起こした。申し訳なさそうな、ばつが悪そうな表情を浮かべていた。同時に、なぜこんなことになったのか、自分でもよく分からず、呆然《ぼうぜん》としているようでもあった。発作を起こしたのか、倒れた拍子にどこか怪我《けが》はしていないか、救急車を呼ぶべ

きか。あれこれ考えを巡らしながら、しかし実際はただ「大丈夫ですか」と無意味に繰り返すばかりだった。その間中ずっと、女の子の泣き声があたりに響き渡っていた。

その時、どこからともなく一人の男性が現れた。

「私は専門家ですから。任せて下さい」

そう言うと男性はいかにも慣れた様子で、おじいさんの前にひざまずいた。

「はい、まず右手をこんなふうに上げてみて下さい……」

何て素晴らしいのだろう。私は目の前の光景に魅了された。一人の人間が、一人の他者を助けている。その人に一番必要なものを、差し出そうとしている。見ず知らずの者同士が、無条件につながり合っている。

結局、おじいさんに問題はないようだった。

飛行機が欠航になったおかげで、私はこの一瞬に立ち会えた。人間の立てる予定になど大した意味はない。いつでも大事なことは、人間の計らいを超えたところに隠れているのだ。

何だか私は幸せな気分になり、ようやく泣き止んだ女の子に目配せをして、横断歩道を渡った。

二つの日付

近所のビルの地下にお蕎麦屋さんがあるのを見つけ、主人と二人で入ってみる。この町に引っ越してきて二年近くがたち、付近の食べ物屋さんはたいていチェックしたつもりでいたが、まだ見逃しがあったようだ。

元々はバーか何か、とにかくお酒専門のお店だったのを、たいして内装も変えないままお蕎麦屋さんにした、という雰囲気だった。店内は薄暗く、カウンターの他にはテーブルが二つしかなく、壁にはオーク材の額に縁取られたアンティークの巨大な鏡が飾られている。私たちはカウンターに腰掛け、ざる蕎麦定食と鴨南蕎麦を注文した。

他にお客さんの姿は見当たらず静かだった。私たちは黙って、カウンターの中の棚に並ぶ日本酒や焼酎や梅酒を眺めていた。

棚の一番上には、芸能人かプロ野球選手か、誰か有名人のサインなのだろう、色紙が二枚飾ってあった。主人がふと、向かって左側の色紙を指差して言った。

「あの日付、九月二十一日だ……」

確かにそうだった。九月二十一日と書いてある。

「結婚記念日だ」

主人がその一言を漏らすまで、私は何にも気づかなかった。

「今年で、結婚何年めかなあ」

途中で昭和から平成に変わっているので計算がややこしい。二人の導き出した数字は微妙にずれていた。いずれにしても二十年はゆうに過ぎてしまった。

当日は九月の気温の最高記録を更新するほどの暑さだった。披露宴に振袖を着て出席してくれた友人が顔を真っ赤にしていて、申し訳なかった。それでも新婚旅行に出発する私たちを、岡山駅のホームまで見送りに来てくれた。走り出した新幹線のドアに、彼女の振袖の柄が映って見えて、綺麗だったなあ……、とそんなことを思い出した。

次の瞬間、私たちはもう一枚の色紙を指差し、同時に「あっ」と声を上げていた。そこに記された日付は八月十八日、息子の誕生日だった。

あの日も暑かった。午後、テレビで高校野球を観ていたらお腹が痛くなったのだ。伊良部が香川の尽誠学園のエースで活躍した大会だった。主人の運転する車で病院へ向かう時、西の空が一面夕焼けに染まっていた。陣痛の波が来るたび、その夕焼けに吸い込まれそうな気持になった。

初産のために加減が分からず、「もっともっと痛くなるはずだ。これくらいのことで大騒ぎしては恥ずかしい」と自分に言い聞かせながら極限まで我慢していたら、「あら大変。もうお

産がはじまっていますよ」と助産師さんにあきれられた。息子が六つの頃、何気なく「生まれてくる時、もう間に合わないかと思ってあせった」と口にしたことがあった。助産師さんも親も赤ん坊も、皆が慌てたお産だった。

三百六十五日ある日付のなかで、結婚記念日と息子の誕生日が二つ並んでいる、というのは珍しいことなのだろうか。それとも確率的に大した問題でもないのだろうか。

もう何年も結婚記念日のお祝いなどしていないし（日付を忘れるほどだ）、息子は誕生日を親と過ごすには大きくなりすぎてしまった。しかしその二つの日、私たち二人は間違いなく一緒にいた。互いの記憶に、他の日よりは多少特別な色合いを持って刻まれているのも間違いない。長く夫婦をやっていれば、そういう種類の日が少しずつ増えてゆく。

そこへお蕎麦が運ばれてきた。私たちはちらちら色紙に目をやりながら、ざる蕎麦定食と鴨南蕎麦を食べた。

素数は私を裏切らない

二〇一一年になって早々、知人から年賀メールが届いた。

〈あけましておめでとうございます。

２０１１は連続する十一個の素数の和であり、連続三個の素数の和でもあります。２０１１自体も、平成二十三年の23も素数ですから、今年は素数に囲まれた一年なのかもしれません。

2011＝157＋163＋167＋173＋179＋181＋191＋193＋197＋199＋211＝661＋673＋677〉

素数とは１とその数自身以外では割り切れない数のことである。

早速電卓を叩いて確かめてみると、なるほどその通りだった。

ちなみにその知人は将棋の名手で、子供の頃、同世代の羽生善治名人と対決したらしいのだが、将棋の才能と数学的な思考とは、やはり関連があるのだろうか。つまり、天文学的な数字にのぼる手の中から、王様を追い詰める最善の道筋を描き出す能力と、２０１１の中に隠された秘密を発掘する能力は、同じ泉から湧き出しているものなのか……。

いずれにしても私には両分野ともに才能はない。何度教えてもらってもすぐに駒の動かし方を忘れるし、買い物に行くとお釣りの計算を間違える。それでもやはり私は、将棋と数字が好

きだ。

何と言っても将棋は、黙っているのがいい。社交辞令を口にしたり、お世辞を言ったり、苦労して話題を探したりしなくても、黙ったままで数時間、二人の人間が向かい合っていられる。しかも決して心はばらばらではない。お互い同じ一つの盤を見つめながら、同じ一つの棋譜を綴ってゆく。無言のうちに平等と共感を体現できる。

日常生活の中で、こんな高度なコミュニケーションの成立する場面が、他にどれほどあるだろうか。将棋を考えた人は、本当に偉いと思う。

言葉がいらないという点では数字も同じで、お釣りを間違えるのはたいてい「一円玉を出したから一の位はゼロと考えて、まず千の位を引いて、残りがこれだから……」と、ぶつぶつ声にならない声でつぶやいている時だ。正しい数字はいつも、言葉を差し挟む間もなく、理屈を越えて、ごく自然に浮かび上がってくる。無理矢理手出しをしなくても、数字の方が自ら、「わたくしの出番です」という風情で姿を現す。

正しいお釣りは、誰から見ても正しい。その確固たるお釣りが手渡される時、見ず知らずのはずの店員さんと私の間に、何ものにも侵されない了解が交わされる。

２０１１自体が素数であり、しかも連続する十一個の素数の和、および連続する三個の素数の和である、との事実を知ったからといって、何がどうなるわけでもない。宝くじが当たったり就職試験に合格したりダイエットが成功したり、といった得は一切ない。そこがまた数字の

いいところである。

メールをもらい、電卓を叩く。「ああ、本当だ」と納得する。「そうか、今年は、そういう年なんだ」と思う。たったそれだけのことだ。それだけのことなのに、メールの送り主と親密に心がつながり合ったような気持になれる。言葉では到底表せない大事な秘密を共有し、ほんの小さな目配せを送るだけで、いつでも互いの存在を感じ取れる。そんな幸福な錯覚に浸れる。

小説を書いていると、時々、言葉疲れしてくる。人ごみの中を歩くと気持が悪くなるのに似ている。毎日、言葉の海であっぷあっぷしながら、言葉ばかり探している自分が哀れになり、人間は何とまあ厄介な道具を作ってしまったのだろう、他の動物は皆言葉などなくても上手くやっているじゃないか、と先祖に愚痴をこぼしたりする。

ステップを踏んで懸命にメスに求愛する熱帯の鳥や、尻尾を振るだけで最大限の喜びを表現する犬や、深い海の底で歌をうたうクジラ。彼らと、言葉を操る人間と、どちらが優れているか誰にも決められない。言葉の届かない場所にも、世界はちゃんと広がっている。

そんな世界で小説を書けたら、と私はつい夢想してしまう。将棋盤や数字の２０１１を間にはさんで、人と人は心を通わせているのだから、間違いなくそこに物語は生まれているのだ。だから言葉のないところでも、きっと小説は書けるに違いない……。

さて、十一個の素数と三個の素数、２０１１、23という素数に彩られた今年は、どんな一年になるのか。素数はきっと味方になってくれるはずだ、と根拠もなく感じている。素数に限っ

て、私を裏切るような真似はしないだろう。それ以上割れない数なのだから、彼らはとても頑丈で、清廉で、粘り強い。そのうえどんな規則で出現するか、いまだに解明されていない点がいっそうの魅力になっている。十一個並んだ彼らを眺めていると、そこに隠された、人間の英知を超えた計らいが、私を守ってくれると確信できる。

　２０１１。この中にどんな無言の物語が潜んでいるか、私は飽きずにいつまでも数字を眺めている。

彼女はぽっちゃりした赤ら顔の浪人生で、私の家に下宿している。国立大学の医学部を目指しながら、既に二度か三度失敗を重ねている。親戚でもないのに、どういうつてがあったのか私には分からないが、とにかくお母さんが病で伏せってしまい、じっくり勉強に打ち込むのが難しくなって、予備校に近い町中の我家に間借りをはじめたのだ。

　空襲で焼け残った私の家はどうしようもなく古びている。どこもかしこもミシミシ軋む家なのに、彼女だけはなぜか、秘密のコツを習得した人のように、いつでも静かに歩くことができる。彼女の部屋は暗い階段を上りきった三階の、西の突き当たりにある。昔結核で死んだ伯父さんが、勉強部屋に使っていた一室だ。

　母に言わせれば、彼女は申し分のない下宿人だ。真面目に予備校に通い、門限は厳守し、食事は出されたものを何でも食べ、お父さんから郵便為替で送られてくる部屋代は、一度として遅れたことがない。光熱費がかかるのを遠慮してか、いくら母が気にしなくていいのよ、と言っても、部屋の明かりは日が暮れてぎりぎり我慢できなくなるまで点《つ》けようとせず、お風呂はカラスの行水で済ませる。

彼女はきっちり、夕方五時二十五分に帰ってくる。ただいま帰りました、という声とともに密やかな気配が廊下をすり抜け、階段の暗がりに吸い込まれてゆく。柔らかく盛り上がったふくらはぎが、一段一段、階段を踏みしめてゆく。産毛に覆われた皮膚には血管が浮き出している。今日は雨がひどかったでしょう、晩御飯はカレーよ、あっそうだ、お父さんから小包が届いてたわよ、などと母が台所から声を掛けても、小さく「はい」と答えるばかりだ。居間に寝転がって絵本を読む私は、視線を上げ、黙って彼女の後ろ姿を見送る。彼女と私は一言も口をきいたことがない。

彼女は毎日同じスカートをはいている。芥子色の膝下丈のフレアースカートだ。予備校から帰ってきた時、必ずスカートのポケットが、ふくらはぎと同じくらい膨らんでいるのに私は気づいている。ゴツゴツとして、いかにも重そうで、フレアーの形は半分崩れかけている。教科書や辞書を一杯に入れた布のカバンを二つも提げているうえ更に、ポケットにまで勉強道具を押し込めなければ納まらないとは、医学部に合格するのは何と大変なことだろう、と私は思う。

あっという間に八か月ばかりが過ぎる。ある日、五時二十五分になっても彼女が帰ってこない。六時を過ぎたあたりから母はそわそわしはじめ、七時が近づくともう我慢できなくなり、予備校に電話を掛けたりあたりを走り回ったりする。そのうち勤めから戻った父と近所の人たちも一緒になって、騒ぎは大きくなってゆく。いよいよ警察にお願いしようということになった直後、電話が鳴る。予備校の裏手にある川のほとりで倒れているところを、アベックに発見

されたのだ。

大人たちが入り乱れ、右往左往している間、私は邪魔にならないよう居間の片隅でじっとしている。B橋の橋脚のあたりよ。入水かしら。可哀相に。ポケットに石を詰め込んでいたみたい……。途切れ途切れに聞こえてくる言葉の意味を、一人考えている。どう考えても、じゅすい、の意味だけが分からない。

私の家に彼女は二度と戻ってこない。迎えに来たお父さんに連れられ、どこかの病院に入院する。身を投げたわけではなく、ただ河原に寝転がっていただけで怪我《けが》はしていなかったのだが、それでも入院が必要だったらしい。お母さんと同じ病気だと、誰かが噂する。

部屋は彼女の性格のとおりきちんと整頓され、勉強道具以外、私物はほとんど残されていない。それらを段ボールに片付けていた母は、勉強机の引き出しを開けた途端、短い悲鳴を上げる。そこにはびっしり無数の小石が詰め込まれている。飴玉ほどのすべすべした石が引き出しを覆い隠し、ひんやりと湿ったにおいを放っている。しかも小石一個一個に、その小ささと釣り合う精密な文字が隙間なく書き込まれ、それらが一続きの模様となって引き出しを埋め尽くしている。

何て書いてあるの？　私が尋ねても母はただ、いけない、いけない、と独り言を繰り返すばかりで、肝心なことについては何も答えてくれない。見てはならないものを隠すように母は小石を全部買い物袋に押し込み、黙っているのよ、と私に念押しする。それから小石を河原に捨

てに行く。

家が取り壊され、皆が死んだあと、私は川のほとりに立つ。B橋の下、丁度彼女が倒れていたというあたり。そこで昔、母が捨てた小石を拾う。彼女が書き込んだ文字はあまりにも小さく、言葉とも言えない微細な印にしか見えないが、ちゃんと消えずに残っている。私は小石を握り締め、その印から届く声に耳を澄ませ、ノートに書き留める。母との約束を破って小説を書く。

秘密の友情

ラジオ番組で毎週一冊、本の紹介をするようになって五年ほどが経つ。未来に残したい文学遺産、というキャッチフレーズのもと、教科書に載っている名作から最新のベストセラーまで、児童文学、詩集、戯曲、古典、ノンフィクション、あらゆるジャンルの本を取り上げてきた。

毎回収録の前、次の月に扱う本を四、五人のスタッフと一緒に話し合って決めるのだが、実はその時間が一番面白い。例えば、とても有名なお話なのに記憶しているストーリーが一人一人皆違っていたり（例えば『西遊記』）、年代によって子供時代の大事な本が微妙にずれていたり（若手は安房直子さんのシリーズ、年配組は「くまのプーさん」シリーズ）、全員恋愛小説を苦手としている事実が判明したり、といった具合で、思いがけない発見がある。そうやってわいわい脱線しながらも、その時節に相応《ふさわ》しい一か月分のリストを作ってゆく。

番組がスタートして三年くらいが過ぎた頃だろうか。時折、奇妙な符合に気づくようになった。ある時、『古事記』と『エルマーのぼうけん』を取り上げた。冒険の途中エルマーは、棒つきキャンディーで誘ってワニを数珠繋ぎに並べ、その背中を伝って川の向こう岸へ渡る。これ、『古事記』に出てくる因幡の白兎の場面と似ているな。そう思った途端、日本の古典と外

国児童文学、本来似ても似つかないはずの二冊の本が見えないところでウィンクを交し合っているような、その現場をこっそり覗《のぞ》き見してしまったような、不思議な気分になった。

また別の月。山本兼一さんの『利休にたずねよ』と伊丹十三のエッセイ集『女たちよ！』が並んだ。利休はどんな権力におもねることもなくひたすら美を追い求め、結局自らの命さえ惜しまなかった。一方『女たちよ！』は、恰好よく生きるための方法について軽やかに語りながら、根底にはまがい物を嫌悪し、本物のみしか受け入れない伊丹十三の確固たる価値観が貫かれている。水指《みずさし》や茶入を畳の目一つ動かすだけで、茶室の空気をがらりと変えた利休と、スパゲッティの茹で方一つに人生が現れ出ると書いた伊丹十三。もしかすると二人は似ているのかもしれない。偶然この二冊を続けて読まなければ、気づかなかっただろうけれど。

あるいはこんなケースもあった。近松門左衛門の『冥途《めいど》の飛脚《ひきやく》』を取り上げるにあたり、スタッフたちと一緒に文楽を観に行ったのだが、情念をにじませる舞台上の人形たちを凝視しているうち、ふと思い当たった。今月は『ピノッキオの冒険』もやるのだった。ジェッペット爺さんに魂を吹き込まれたピノッキオと、罪人になった男と共に逃げる遊女の梅川。二つの人形が時空を超えてやはり、合図を送り合っていた。

どうしてこんな偶然が起こるのか、しみじみ一か月分の本を並べて感慨にふけっていたら、もう一冊の本、エリザベス・ギルバートの『巡礼者たち』と『冥途の飛脚』の挿画が同じ松尾たいこさんであるのを発見し、更に驚いたのだった。

本の選択について私たちは、聴取者の方々が飽きないように、できるだけ同じタイプの作品が続かないよう心掛けている。翻訳文学のあとには日本の古典。長編のあとには詩集や絵本。時には推理小説。時には旅行記。

にもかかわらず、こちらの思惑などお構いなしに、選ばれた本たちは彼らなりにつながり合っている。本の世界には私など想像もつかない摂理があって、秘密の友情を育んでいる。そうとしか思えない。

取り上げた本はその順番どおり家の書棚に並べている。皆が寝静まった真夜中、書棚の奥ではどんな風景が繰り広げられているのか。そこでは白兎とエルマーが手をつなぎ、仲良くワニの背中に飛び乗っている。白兎の毛はすっかり生え揃っている。利休と伊丹十三は美について語り合い、ピノッキオは木の指で梅川の涙を拭っている。そんな様子を思い浮かべると、いっそう本がいとおしくなってくる。

到来――はるか遠くの美味しさ

野坂昭如さんのエッセイを読んでいたら、〝到来の羊羹《ようかん》〟の一行に出会い、その羊羹が素晴らしく美味《おい》しそうに思えてならなかった。頂き物、贈り物、お土産。似たような言葉はいろいろあるが、到来、がかもし出す雰囲気は一種独特だ。

例えば、いつも隙なく着物を着こなし、上品でちょっと気位の高い伯母さんが、ある日、何かかしこまった用事のために我家を訪ねてくる。手には、風呂敷に包まれた、ずっしりとした羊羹を抱えている。子供の私の口には滅多に入らない、老舗の高級品だ。しばらく神棚にお供えされ、いくらせがんでもなかなか封を切ってもらえない。それが私の感じる到来の羊羹である。

今はネットを使えば何でも簡単に取り寄せられる。地球の裏側のお菓子だって食べられる。けれどなぜか不思議なことに、ボタン一つで手に入る品には、到来の味わいが薄い。現代の品々の方がずっと長い距離を流通しているはずなのに、伯母さんが持ってくる羊羹の、はるばるとした感じにはかなわない。すぐそこに見えていながら、神棚はどんなに背伸びをしても届かない遠くにある。その果てしなさが、いっそう到来をいとおしいものにする。やはり羊羹は、

気位の高い伯母さんからの到来に限る。

誕生日かお正月か、いよいよ神棚から羊羹を下げる時が来る。恭しく箱を捧げ持つ母のそばで、私は興奮を抑えきれずにいる。大事に待ちすぎるからだろうか。子供の頃食べる羊羹は、いつも砂糖が結晶になり、縁が固くなっていたような気がする。そのジャリジャリとした部分がまた余計に美味しかった。到来だけが出せる味わいだった。

ふと――つい使いがちな「毒」

ドイツ語と日本語の自在な操り手である作家、多和田葉子さんが、「ふと、はどうしてもドイツ語に訳せない」とおっしゃっているのを聞いた時から、ふと、が気になって仕方ない。不意に、ほど大げさではなく、はたと、というほどメリハリがはっきりしているわけでもなく、ひょっこり、などよりはずっと奥ゆかしい、ふと。ドイツ語どころか日本語で置き換えることも不可能ではないだろうか。

考えれば考えるほど微妙な言葉である。元々は時間の流れのある一瞬であったはずなのに、そこからすくい上げられた途端、時間の刻みからは解き放たれ、独自の質量を持ち、それでいて無《む》闇《やみ》に出しゃばらない。まさに、ふと気がついた時には、もうそこにいる。何者も彼女を(なぜか、ふとは女性のような気がする)邪魔できない。

言葉の森のそこかしこに、ふと、の穴がひそんでいる。ふと、の女王様は蟻《あり》地獄のようにその底に隠れ、書き手が滑り落ちてくるのを待っている。深く考えもせず、不用意にふとを使ってしまった書き手は、知らず知らず穴に落ち、女王様に養分を吸い取られ、ますますふとの魅力に魂を奪われてゆく。一度でもふとの毒にやられた者は、その心地よさを決して忘れること

ができず、繰り返し何度でも女王様の前にひれ伏す。

それでなくても乏しい私の言語能力が、穴に落ちるたび、毒に侵されていっそう衰退してはいないか。女王様ばかりが血色もよくふくよかになり、自分はいつしかみすぼらしく痩せ衰えていないか。ふと、の二文字を記す時、ふと、心配になるのである。

好きなもの

①中庭

馬車でも入れそうな巨大な木の扉がほんの少し開いていて、のぞくとその奥に、緑あふれる中庭がちらっと見える。ヨーロッパの町を歩いていて、そんな瞬間に出会えると、私はもう夢見心地だ。表の通りとは全く表情の違う、秘密めいた小さな庭。閉ざされているのに、空だけが開かれた不思議な空間。将来もし家を建てることがあったら、必ず中庭を作ろうと思う。そこに質素なテーブルと椅子を置いて、小説を書く。それだけで、素晴らしい傑作が書けそうな予感がする。

②栞《しおり》ひも

正式な名前が何というのか分からないのだが、本に付属している、あのひものことだ。最近は経費削減のためか、文庫本ではあまり見掛けなくなった。あれが付いていないと、少しがっかりする。読みかけの本を手に取り、「さあて、」とつぶやきながら栞ひもを引っ張る。するとそこには、物語の世界へ戻るための扉が待っている。あるいは、読書を中断する時、ページに栞ひもをはさんで、ゆるみがないようキュッと引っ張ってから、本を閉じる。本を読む人は皆、

古来繰り返してきた儀式のように、この一連の仕草を行う。自分が主役ではないと心得ている栞ひもは、地味な色合いをしている。決して目立ちすぎない。大事な本であればあるほど、ひもの先はほつれてくしゃくしゃになる。健気《けなげ》に身を削っている感じがする。栞ひもは、道しるべだ。本を読む私が迷子にならないよう、いつも正しい場所を指し示してくれる。

③寺尾聰さんの声

昔、人の身体から声だけを切り離し、収集、レンタルしている老婆の話を書いたことがある。もし本当にそんな老婆がいたとしたら、寺尾さんの声は一番に収集されてしまうだろう。そして私が一番に借り出して、返却期限が来ても返さないのだ。この寺尾さんの声で、私だけのために数学を教えてもらうのだ。

細分化

山本鈴美香さんの漫画『エースをねらえ！』に、フォアとバックそれぞれ専門のコーチがついている外国人選手が登場する。それを知った主人公の岡ひろみが唖然とする、というさほど重要でもない場面が、なぜか今でも忘れられない。

私が初めて『エースをねらえ！』を読んだのはもう三十年も昔のことで、現在ではたぶん、テニスに限らずスポーツ選手に複数のコーチがつくことは珍しくないのだろうが、当時は結構斬新な発想だった。フォアとバックの専門コーチがいるのなら、当然サーブ専門もいるに違いない。ボレー、スマッシュ、ロブ、ドロップショット、クレーム、コイントス専門コーチがいても、おかしくないはずだ。と、物事がどんどん細分化されてゆく時、私は何とも言えず気持ちが和らぐ。世界が好ましい方向へ推移しているのを感じる。

逆に、グローバル化、市町村合併、敵対的買収、大型商業施設進出等など、となってくると途端に元気がなくなる。私の出る幕ではないという気がする。

いつだったか杉浦日向子さんがＮＨＫの番組で、江戸時代は爪楊枝だけを商いしていても生活できたんですよ、とおっしゃっているのを聞いた。軒下に平台を置き、爪楊枝を並べる。お

箸も湯飲みも醤油差しもなし。潔いほどにすっきりとした陳列風景。食後にほんのひと時役立つ以外、他にほとんど使い道はなく、あっという間に捨てられてしまう、頼りなく細い、先の尖った棒。ただひたすらそれのみに関わって生涯を過ごす。適度な硬さとしなりを求め、原材料の入手には妥協を許さない。もちろん、一本一本削ってゆく技術は熟練している。万が一削り残しが舌に突き刺さったりしては信用を失うから、気が抜けない。前歯の隙間に最も上手くはまる角度は何度か、邪魔にならず尚かつ手におさまりのいい長さはどれほどか、日々研究を重ねている。やがて頭のところに施す溝は、彫刻芸術の域にまで達する。

　そんなふうにして過ぎてゆく人生はきっと平和だろう。理由は説明できないのだが、もし自分が爪楊枝職人を主人公にして小説を書くとしたら、最後彼に、「ああ、いい人生だった」と感謝の言葉を述べさせるに違いない。

　パリやウィーンの狭い通りを歩いている時、思わず目を奪われる店に出会うことがある。勲章屋、標本屋、名刺印刷屋、地図屋、楽器修理屋、古絵葉書屋……。それらはたいてい、自分には無関係なものを商っている。私は名刺を作る必要もないし、壊れた楽器も持っていない。にもかかわらず、立ち止まり、じっと中をうかがってしまう。

　そこは、最小単位にまで細分化された場所だ。世界に定規を当て、鉛筆で格子に線を引いてゆき、これ以上は無理、というところまでいった時に残される一枡がその店だ。儲かるか儲からないか、などという問題はとうに超越している。本当にそこを必要としている人だけが、そ

こにたどり着ける。

主人は薄暗い店の奥に、あまりにもすんなりと溶け込んでいるので、売り物の一部かと錯覚するほどだ。大きすぎず小さすぎず、自分の体にぴったりと馴染むスペースにおさまって、すべてが充足している。何一つ余分なものはなく、また何一つ欠けてもいない。そういう店が並ぶ通りを歩いていると、世界のどこかに必ず、自分にフィットする一枡があるはずだ、という気分になれる。

しかし細分化は、時に複雑さを伴っている場合があり、困った事態を引き起こす。例えば昔は、汽車に乗るとなれば、駅で切符を買うより他に方法はなかった。ポツポツと穴の開いた丸いガラス窓に向かい、「○○まで片道子供一枚」と言い、財布からお金を取り出す。それがすべてで、何の不都合もなかった。

ところが細分化の進んだ今はどうだろう。エクスプレス予約に早割り、特割り、トクトク切符、ぐるりんパスにおでかけパス、イコカにパスモ。そのうえ丸窓の向こうにいるはずの駅員さんは少なくなる一方で、タッチパネルの自動販売機ばかりが目立っている。子供の頃はお利口に切符が買えたのに、大人になればなるほどおばかさんになって、自動販売機にピーピー叱られている。

あるいは、テレビ。私のよく知っているテレビについていたものは、電源とチャンネルと音量のつまみ、それだけだった。画面の裏側に色や画像を調節するつまみもついてはいたが、む

やみに回すとテレビが壊れると言われ、子供が触ってはいけないことになっていた。なのにちょっと油断している隙に、リモコンと呼ばれるものが登場してきた。片手に載るほどの物体に、何と数多くの小さなボタンが配置されていることであろうか。ダブルウィンドウ、ヘッドライン、消音、マルチサーチ、文字画面切替、プログレッシブ、トップメニュー。

私はしげしげとリモコンを眺める。もう十分に細分化されたと思っていても、枡目はまだまだ小さくなってゆく。世界はどこまでも果てがなく、どこまでも小さい。〝マルチサーチ〟のボタンに私はそっと触れてみる。とても押す勇気はない。それを押した瞬間、一体テレビの中でどんなことがはじまるのか、想像もできないからだ。きっと死ぬまで一度も私に押されることのないボタンだろう。それでもちゃんと、自分だけに与えられた場所を守っている。

下柳投手の住所

初めて田辺聖子さんのお家へお邪魔したのは、二〇〇四年、十月の半ば頃、澄んだ秋の日差しが気持いい午後だった。全集刊行がスタートした田辺さんに、私がいろいろと文学のお話などをお伺いするという、文芸誌「すばる」の企画だった。

編集者に連れられ、タクシーでお宅へ向かう道中、私は息ができないくらいに緊張していた。考えてみていただきたい。祖母、母、私と三代にわたって愛読してきた、田辺聖子先生にお会いできるのだ。活字の上で一方的に親しみを持ち、愛着を感じ続けてきた作家の、生身のお姿と対面できる……きっと天国の祖母も大喜びしているに違いない、などと考えているうちに、ますます緊張は高まってくるのだった。

私がただ引っ込み思案なだけかもしれないが、小説家同士のつながりは、ありそうで案外ないものである。ごくたまに、パーティーの会場でご挨拶《あいさつ》したり、編集者がアレンジしてくれる対談の席でお話したりするくらいなので、いつまでたっても本物の作家を目の前にする、という状況に慣れることができない。あの物語が、この方の中から生まれたのか、とつぶやきながら、一読者になって陶然《とうぜん》と立ちすくんでしまう。

そしていよいよ目的地に到着し、お玄関を一歩入った瞬間、ご本人にお目にかかる前に早くも私は、うっとり夢見心地に陥っていた。どのお部屋のどこを見ても、田辺文学の秘密が宝石のようにキラキラときらめいていたからだ。

香水壜《びん》、有名なスヌー君をはじめとするぬいぐるみにお人形たち、ポプリ、思わず蓋《ふた》を開けてみたくなる小箱の数々、ドールハウス、手仕事の繊細さがうかがえる布製品、ガラスの器、ランプ、ミルクチョコレート色のトイ・プードル……。

『手のなかの虹　私の身辺愛玩』で田辺さんは、『枕草子』の一文、

「何も何も、小さきものは、みな愛《うつく》し」

を引いておられるが、まさにその通り。小さくて可愛らしくて丁寧で、どこか秘密めいてもいるこうしたものたちに見守られているからこそ、人間の善なる部分を信じ抜こうとするけなげなヒロインたちが、何人も生まれ出てきたに違いない。小さきものを掌《てのひら》で温めながら、その奥に隠れている目に見えない深遠な世界を感じ取り、それを物語にされてきたのだろう。と、私は一人で想像を巡らせ、納得し、無礼も省みず、きょろきょろとあちらこちらを見回していた。

そこへ田辺さんが、まるで小さきものたちの慈母のようなご様子で、優しくご登場なさったのだった。

初対面にもかかわらず、お話を伺っている最中に私が感じたのは、なぜか懐かしさだった。

それはたぶん、田辺さんのエッセーを読む私の態度に関係があったのではないかと思う。つまり、声の響きが耳元へ聞こえてくるような、心地よいエッセーの文体に浸っている時、私は自分のすぐそばに田辺さんがいらっしゃるという錯覚に陥っている。田辺さんのたたずまいや体温を身近に感じ、カモカのおっちゃんをはじめとする登場人物たちを勝手に自分の知り合いに加え、相槌《あいづち》を打ったり合いの手を入れたりしている。そういう時間を長く過ごしていたために、幻想と現実の田辺さんが境い目なく合体してしまったのだ。

　もっとも私が打つ相槌は、

「そうじゃ、そうじゃ。その通りじゃ」

という岡山弁なので、田辺さんの大阪弁とは微妙にテンポがずれているのだけれど。

　一段と相槌に力がこもるのは、人物表現のあまりの的確さに出会う時かもしれない。例えば『セピア色の映画館』に取り上げられている映画スターについて。

「……私はジェラールの品のいい明るさが好きだ。

　この品位は、彼の持って生まれた人柄や、穏和な中流家庭の生育環境、教養からくるのだろう」（ジェラール・フィリップ）

「――そう、まるで身内の、やさしかった父とか、よくしてくれた伯父さんとか、頼りになった長兄とか、――それもいまはすでに逝き、追憶の中のひとになっているけれど、やっぱり忘れられないひと――そういう情感で私の胸を濡らしてくれる男優さんは、そうそういない」

（ゲーリー・クーパー）

「秀でた額、男のようにがっしりした鼻梁。（鼻孔も大きく、男をしのぐばかりだ。しっかり息を吸って、肺活量もたのもしそうだ）」（キャサリン・ヘプバーン）

　という具合である。

　キャサリン・ヘプバーンのあの凄味《すごみ》のある美しさは一体何なのか、私は正体がつかめないまま長年を過ごし、画面に彼女が映るたび、どこかもやもやしたものを感じていたのだが、この一文を読んですべてが解決した。

「そうじゃ。肺活量の問題だったんじゃ」

私はすっかり晴れ晴れした気分になり、たったそれだけのことで幸福を味わえるのだ。

田辺さんのエッセーを読んでいると、この方は生まれた時からずっと変わらず、大勢の人々に愛されてきたんだなあ、もっと言えば、神様に愛されてきた方なんだ、というのが分かる。そういう人だけが持つ、特有の大らかさ、温かさ、謙虚さが伝わってくる。

　特に、ご主人との関係がしみじみと描かれたエッセーが好きだ。私は夫婦喧嘩をした時、『残花亭日暦』を読むことに決めている。ご主人との最後の日々を記した日記である。これを繰り返し読んで、理想の夫婦のあり方に触れ、反省して謝るようにしている。

　締め切りに追われる妻を、夫は応援し、心配し、尊敬する。ものを書くということがどれほど大変な仕事か、ちゃんと理解している。妻はその心遣いに対し、決して感謝を忘れず、忙し

さの中でも、夫婦で目一杯人生を楽しもうとする。

ご主人の人柄をよく表す場面が、『夢の菓子をたべて　わが愛の宝塚』に出てくる。宝塚のレビューをご覧になったご主人は、次のような感想を述べられる。

〈けなげであった〉

〈あの若い女の子ォらが……むつかしいオドリをようおぼえて。またお芝居をようやって、女ばっかりであない力強い芝居やって。ようまとまって、けなげにやってる。いじらしいて、涙出てくる〉

宝塚の生徒さんたちの一生懸命さを、こんなふうに真っ直ぐありのままに受け止められる男性がいるとは、もう感動するばかりだ。この褒め言葉は、そのまま田辺さんの小説の登場人物たちにも当てはまる。

これほど素晴らしい男性に愛された田辺さんであるから、世間一般のごくありふれた夫婦の風景に疑問を持たれるのも当然であろう。先に挙げたキャサリン・ヘプバーン主演の映画「黄《たそ》昏《がれ》」について、

「しかし私が観終わって釈然としなかったのは、あまりに老夫が老妻に甘え、よりかかっている点であった……〈お婆ちゃんが死ぬときは、じゃ誰が、〈大丈夫よ、死ぬもんですか、怖くはないわよ、私がついてます、おお神様、こんなに早く召さないで下さい〉と祈ってくれるのだろう〉

と思うと、少しばかり義憤を感じてしまったのであった」

と書いておられる。

たぶん田辺さんは、日常のささいな場面でいつもご主人から、自分がついているから大丈夫、という応援を得ていたに違いない。だからこそ、甘えるばかりで与えようとしない「黄昏」の老夫の姿が、腑に落ちなかったのだろう。

最強の応援者に愛され、あふれんばかりの才能を持ち、そのうえ努力する美徳さえもそなえた田辺さんは、やはりどう考えても、神様から特別に選ばれた人、としか思えない。

二〇〇五年の九月二十一日、田辺さんのご招待で甲子園球場へご一緒した。この日はタイガースが優勝へ向け、マジックを減らすための重要な試合だった。先生はお召し物はもちろん、ひざ掛けからスカーフにいたるまでトラ柄で統一され（一部ヒョウ柄が混じっているようでもあったが）、メガホンを打ち鳴らし、ジェット風船も飛ばして下さった。

当日の先発ピッチャーは下柳《しもやなぎ》だった。タイガースの投手陣は少々個性的な顔立ちの人が多いのだが、実物の下柳はなかなかハンサムだった。

「彼は三十七歳でまだ独身なんです。飼っている犬が何より大事で、キャンプにも連れてゆくんです」

知っている情報をあれこれお伝えしたところ、田辺さんは、

「お住まいはどこやの？」

と尋ねられた。しかも、明日にでも一升瓶を持って、自宅へ激励に訪れようか、という勢いで。

私も相当なタイガースファンを自認していたが、下柳の住所までは知らなかった。考えたこともなかった。やはりさすがに鋭い人物表現をなさる田辺さん。これは、と思う人には、いきなり本丸から攻め込む、ということなのか……。甲子園球場一塁側内野席で、私はすっかり感心してしまった。

結局その試合は、金本《かねもと》のホームランが出て、下柳もいいピッチングをして、気持ちよくタイガースが勝ったのだった。

田辺さん、今度秘《ひそ》かに下柳の住所を調査しておきますので、またいつか甲子園で一緒に、「六甲おろし」を歌いましょう。

行列からはみ出す

子供の頃から、行列が怖かった。蟻《あり》の行列を見ると、哀しいような、気味が悪いような、何とも言えない気持になって、それでも目をそらすことができず、しゃがみ込んでいつまでも眺めていた。ただの一匹として不平を漏らす者もなく、終わりがどこなのか分からないまま、何かに憑《つ》かれたように、どこまでも続いてゆく。なのに私がちょっと三輪車で横切れば、あっという間にずたずたになってしまう、はかない行列。

十八歳で初めて上京した時、都会とは何と行列の多いところであろうかと驚いた。切符を買うのも、銀行でお金を下ろすのも、ラーメン屋さんでお昼を食べるのも、すんなりとはいかない。そこには行列が待っている。辛抱強くなければ、都会では暮らしてゆけないのだ、と思った。

小学生の頃は、事あるごとに行列させられていた。運動会の入場行進、インフルエンザの予防注射、遠足、跳び箱、工場見学……。はい、一組を先頭に、出席番号順に二列に並んで。さあ、もたもたしない……。こんな調子だった。

行列しなければならない状況になると、たいてい先生たちはいらいらして、怒りっぽくなる。

だから彼らの癇に障らないよう、てきぱきと、尚かつあまり目立たないように行動する必要がある。自分のいるべき場所はあらかじめきちんと定められ、そこを少しでもはみ出すことは決して許されない。

なかでも私が最も苦手なのは、健康診断の行列だった。新学年がスタートして間もない頃に、半日授業をつぶして、身体のあちこちを検査、測定する、あの健康診断である。

私たちは一人一人、『健康の記録』などと書かれた厚手の紙を持たされ（男の子は水色、女の子はピンク色）、脱ぎ着が簡単な体操服姿で、長い行列を作り、検査項目ごとに割り振られた教室を巡って歩く。三年一組で身長と体重測定、四年二組で聴力検査、五年三組で歯科検診、中庭でレントゲン撮影、という具合だ。

保健室の先生はとても厳しい人だった。今、クラスになじめない子供が保健室で勉強している、などという話を聞くが、私の小学校時代には考えられないことだ。具合が悪くて保健室へ行くと、まず仮病の疑いを掛けられ、余計に辛い思いをする。だから私たちにとってそこは、滅多に近づいてはならない場所だった。

健康診断は保健室の先生にとって、一年に一度のビッグイベントであり、彼女も張り切っていたのだろう。その怖さはますます際立っていた。先生はあらゆる検査場所に出没し、行列が計画通りスムーズに動いているか、にらみをきかせていた。ちょっとでも手間取っている子、身長を高くしようとこっそり背伸びしている子、視力検査の目隠し棒でウルトラマンの真似を

している子たちは、容赦なく怒鳴られた。

しかし私が本当に怖れたのは、保健室の先生ではなく、検査結果だった。もし座高がクラスで一番高かったら困る。きっと男子に笑われる。もし私の肺だけに何か妙なものが写っていたら？　聴力検査のヘッドホンから、死んだ人の声が聴こえてきた場合、どうしたらいいのだろう。果たしてボタンを押しても構わないのだろうか。

あるいは、私が台に上がった途端、機械が故障して、何千倍もの放射線が発射されるかもしれない。あるいは、歯医者さんがついうっかり、私の喉《のど》の奥に、丸いミラー付の棒を落とすかもしれない。

次々と心配事はわき上がってくる。心配すればするほど身体に余計な力が入り、行列の動きからはみ出しそうになる。少しずつ順番は近づいてくる。他の子たちは皆、堂々と検査に臨み、決められた手順をこなしている。ヘッドホンから変な声も聞こえてこないし、歯医者さんはしっかりミラーを握っている。心配事など何一つないように見える。

このスムーズな行列のリズムを狂わすのは絶対に自分だ、と私は確信する。

「ちょっと、あなた。こちらへいらっしゃい」

保健室の先生が私を列から引っ張り出し、誰の目も届かない秘密の小部屋へ押し込める。私の身体から検出された数値は、とてもいびつで、先生が求める行列の秩序を乱してしまう。だから一人きり、薄暗い場所に閉じ込められる。そこの鍵を持っているのは保健室の先生だけだ。

いつも仮病を使っている私のことを、きっと先生は許してくれないだろう。

心配が頂点に達したところで、ついに私の順番がやって来る。思い巡らせた想像の世界の果てしなさに比べ、現実の検査はどれも、あっけなく終わる。

「えっ、これだけ？」

思わず口走ってしまいそうになる。もうちょっと詳しく調べた方がいいんじゃないでしょうか……という、名残り惜しいような気分にさえなってくる。するとすかさず、保健室の先生の声が飛ぶ。

「ぐずぐずしない」

慌てて私は列に戻る。

本当は、行列からはみ出す方がずっと難しいのだ、ということを子供の私はまだ知らなかった。どうしてあの頃は、自分にだけ何か特別なことが起こる、と信じていたのだろう。私はこんなにも平凡で、面白みのない人間なのに。

学校の行き帰りに通る本屋さん

子供の頃、同じ町内に一軒小さな本屋さんがあって、毎日学校の行き帰りにその前を通るのが、楽しみでもあり苦痛でもあった。

入口の脇のスタンドには、『小学一年生』や『なかよし』など、付録で膨らんだ雑誌の類が立て掛けられ、お店の奥をのぞくと、見るからに心そそられるさまざまな本たちが並んでいる。本が並んでいる、という点においては、学校の図書室と同じなのに、なぜか本屋さんにある方が、どの本も輝かしく見える（もっとも図書室と違って本屋さんの本は新品なのだから、当然といえば当然なのだが……）。まだ誰の手垢もついていない、まだ一度も開かれたことのないページが、じっとその時が訪れるのを待っている。そうした本たちの期待が、きらめきとなってお店にあふれている。

更に私の気持ちを揺さぶるのは、実際それらを手に取り、自分のお財布からお金を出して買おうとしている子供がいることだった。好きな本を自分だけのものにできるなんて、何と贅沢な子供だろうか。私は羨ましさのあまり、ほとんど涙ぐんでいた。当時、我家にとって、誕生日でもクリスマスでもないのに本を買ってもらうなどというのは考えられないことだった。本

は高価で、特別で、大事なもの。滅多な理由では買ってもらえない最高のプレゼント、それが本だった。

だからその本屋さんの前を通るたび、憧れや陶酔や嫉妬や我慢等など、複雑な感情が入り乱れ、いつまでもお店を眺めていたい気持ちと、早く立ち去りたい気持ちに引き裂かれ、結局は後ろを振り返りながら走って家まで帰る、ということになった。あるいは、わざと目をつぶり、そこに本屋さんなどないのだ、と自分に言い聞かせたりもした。

そこで本を買う子供がいることよりも、もっと驚きなのは、その本屋が自分の家、という子がいる事実だった。それは同級生のＭ君で、いかにも本屋さんの息子にふさわしい、ちょっと大人びた、色白で眼鏡をかけた少年だった。

Ｍ君とは同じクラスになったことがなく、親しく口をきくチャンスはなかったのだが、いつも遠くから彼の姿をうかがっていた。〝家が本屋〟とは、一体どんな状況と解釈してよいのか。好きなだけ好きな本を読む自由が確保されているのか。ということは、もしかするとお客さんが買った時点で新品ではなく、Ｍ君が既に読んでいる可能性もあるのか……？

興味は尽きなかった。あまりにＭ君のことばかりが気になるので、もしかすると自分は彼が好きなのではないか、とあやしい気分になったりもした。

大人になって、誰に遠慮する必要もなく本を買えるようになってからも、時折、Ｍ君の本屋さんを思い出す。今ではもう、そこにかつて本屋さんがあったという名残りは、何もない。

幻の野球観戦

阪神タイガースとお酒が好きな父だった。十五年くらい前、私が実家のある岡山から関西へ引っ越すことになり、「甲子園球場の近くの家に決めた」と言うと、羨ましそうにしていた。だから父を甲子園に招待して、一緒に野球を観戦するなど、いともたやすいことのはずだった。

外野かアルプスの方が雰囲気はいいのだが、椅子《いす》に背もたれがないのは辛いかもしれないから、やはり一塁側の内野席がいいだろう。せっかくだからプレーボールの三十分前には到着して、練習も観たい。阪神電車を降り、球場が目に飛び込んでくるのと同時に、トランペットとメガホンの音が風に乗って聞こえてくる。いやが上にも興奮が高まってくるが、照れ屋の父は冷静さを装っている。グッズ売り場はそこだ、有名なおかき巻きの店はあそこだ、と私は物知り顔で教える。入場前にジェット風船を買う。

階段を上り、球場が目の前に開ける瞬間、さすがの父も感嘆の声を上げる。どこまでも広がる空の広大さ、芝生の緑、ベースの白、吹き抜ける風。すべてに圧倒される。早速、ビールを一杯買う。

お酒さえ入れば父の口は滑らかになる。

「最後にプロ野球を観戦したのは……」

何十年も前、たまたまチケットを譲ってくれる人があって、阪急と巨人の日本シリーズを観た話をはじめる。

「長池のホームランが丁度頭の上を越えていって……」

もう何十回も聞かされた話だ。

さあ、いよいよプレーボール。阪神は相変わらず打てない。六甲おろしの代わりにため息の連続。父と娘が観戦するという、滅多にないこの大事な試合で勝てない、というのがいかにも阪神らしい。父はビールを一休みして、甲子園カレーを食べる。もちろん全部お金は私が払う。父は心底、すまなそうにする。私はどう応えていいか分からず、応援に熱中する振りをして誤魔化す。

それでも、一回は六甲おろしを歌うチャンスがある。誰かが焼け石に水のソロホームランを打つのだ。私たちは一緒に声を張り上げる。

そんな一日があってもいいはずだった。「最後に野球を観戦したのは娘の招待で……」と誰かに自慢できるような一日。

甲子園球場のそばを通るたび、父との幻の野球観戦を思い浮かべている。

Ⅲ　物語の向こう側

できれば新人賞の頃のことは思い出したくない。何かの拍子に当時の記憶がよみがえりそうになると、慌てて頭を振って向こうに押しやる。それでも防ぎようがなく、あれこれと場面が浮かび上がってくるような時は、闇雲に大きな声で歌を歌う。

今の自分が好きなだけ小説を書けるのは、すべて新人賞のおかげなのだから、もっとありがたく思うべきだと、よく分かっている。もちろん私は、大きなチャンスを与えてくれた文芸誌「海燕《かいえん》」に、心から感謝しているし、何の恩返しもできないままその「海燕」が姿を消してしまったことを残念に思い、帰るべき港を失ったような気持でいる。

しかし何より、あの頃の私は若すぎた。小説も人間も、すべてが未熟すぎた。生意気すぎた。ただもう恥ずかしくて、何をどう説明すればいいか、途方に暮れてしまう。

授賞式の日、九段下にあった編集部の会議室で、生まれて初めて編集者という名の職業の人と会った。彼らは皆大人で、落ち着きがあり、滅多なことでは笑わず、文学について何でも知っていた。受賞作を褒める言葉など一言もなく、まだ一行も書かれていない次の作品のことしか頭にないようだった。

私は怖くてたまらなかった。今自分は、何の後ろ盾もなく、行き先を照らす光もなく、たった一人で敵陣へ乗り込んでいるのだ、と気負っていた。精一杯見栄を張り、新人賞など大したことでも何でもないという振りをした。難しい文学の話になっても、全部理解しているかのように、意味ありげな顔をして相槌を打った。

もっと恐ろしい事態に突入したのは、授賞式が終ってからだった。編集者に案内されるまま二次会の会場に足を踏み入れた途端、部屋の真ん中にでんと腰掛けた中上健次と目が合った。「あっ、中上だ……」と思う間もなく、隣には色川武大《いろかわたけひろ》、その隣には井上光晴、奥には立松和平、手前には干刈《ひかり》あがたの姿が……。

私はめまいを起こして倒れそうだった。それまで活字の上でしか名前を知らず、しかしその小説をずっと敬愛し続けてきた作家たちが、生身の姿で目の前にいるのだ。そのことは、自分が新人賞を取ったという事実よりずっと衝撃が大きかった。

もうその時点では、気負いも見栄もなくなっていた。ただ意味もなく感嘆の声を漏らしながら、尊敬する作家たちの横顔をしげしげと眺めるばかりだった。視線を送る時間が長ければ長いほど、彼らの才能を吸い取って、自分も素晴らしい小説が書けるのではないかと、錯覚していたのかもしれない。とにかく世間知らずの愚かな若造であったから、そんな馬鹿な錯覚に陥っていたとしても不思議ではない。

一つ、どうしても忘れがたい風景がある。カウンターに座っていた干刈あがたさんが不意に

振り返り、私に言ったのだ。

「新人賞を受賞しただけじゃ駄目。早く本を出しなさい。そのためには、原稿用紙三百枚が必要よ。三百枚」

千刈さんは私に向けて指を三本立てた。その指は力強く、勇敢で、神々しくさえあった。作家が生半可な覚悟でできる仕事ではないことを、千刈あがたさんの指は示していた。

あの日からもう十九年が過ぎてしまった。二次会の会場にいた作家の多くは亡くなった。一瞬にして私に大事な覚悟を教えてくれた千刈さんも、命を削るような作品を残して若くして旅立った。

新人賞の日々は、恥ずかしくて思い出したくないはずなのに、私にとって宝石のような記憶となっている。自分がいかに未熟であったか、そして今も未熟であり続けているか思い知るためには、授賞式の日をよみがえらせればいい。そうすれば一遍でしゅん、となる。「すみません。私が驕《おご》っていました」と、千刈さんに頭を下げたくなる。

二次会へ

芥川賞授賞式の日、私はシルクの赤いワンピースを着た。地に蔓草模様が織り込まれ、肩口とウエストには控えめにドレープが施されていた。

そういう場所でどんな格好をしたらいいのか見当もつかなかった私は、担当編集者のＯ氏に尋ねた。するとＯ氏は、数年前に芥川賞を受賞したとある女性作家の名前を挙げ、

「その方はシルクのドレスをお召しでした」

と言った。形でも色でもなく、まず素材が問題になることに驚いた。そうか、シルクなんだな、と私は思い込み、岡山にある二つのデパートをくまなく歩いて適切な洋服を買い求めた。脇が少し大きく、ぶかぶかしていたが、直す手間賃が高かったので気にしないことにした。シルクの洋服というものは、想像するよりずっと高価だったのだ。残った予算ではもう、牛革ではなく合成革のパンプスしか買えなかった。

授賞パーティーはわけも分からず頭を下げたりお礼を言ったり微笑《ほほえ》んだり恐縮したりしているうちに終わってしまった。

「さてと」

Ｏ氏の一言で我に返ったような気持になりあたりを見回すと、ついさっきまで会場を埋め尽くしていたはずの人々は大方消え去り、見晴らしがよくなっていた。テーブルには紙ナプキンが張り付いたグラスと、食べ残しのローストビーフが散らばり、床には誰かの胸から落ちたらしい造花が転がっていた。焼き鳥の調理台も氷の彫刻も舞台の看板も、片付けられようとしているところだった。

大勢の人々と言葉を交わしたにもかかわらず、すべての声が混じり合ってかえってぼんやりとし、ただ自分の握っている名刺の束だけが、確かなものとして手元に残っていた。

「それを、仕舞いなさい」

Ｏ氏は言った。彼はいつどんな時でもどっしりと構え、平静さを失わない編集者だった。言われたとおり私は名刺をハンドバッグに押し込めた。

「二次会へ移動しましょう」

「えっ、二次会があるんですか？」

「はい。会場を用意してあります」

「それはどうも、ありがとうございます」

「皆さん、先にあちらで待っておられます」

Ｏ氏は背広の内ポケットから、折り目の磨り減った染みだらけの地図を取り出して広げた。交差する数本の道路が簡潔に表現され、目指す場所に赤々と×印が記されていた。さほど遠く

はなさそうなのでほっとした。外は夜の風が吹きすさび、とても寒かった。地図を何度かくるくると回転させ、周囲の建物の位置関係を確認したあと、「では、こちらです」と言ってＯ氏は左手の方向へ歩きだした。その後に私は付き従った。

しばらくは同じ授賞式の会場から出てきたと思われる人々が見受けられたが、地下鉄の駅を通り過ぎたあたりから少しずつ人影は遠ざかっていった。星はなく、ビルの明かりも街灯も空を満たす闇に届いてはいなかった。風はますます冷たく、不意に脇道から吹き抜けてきたかと思うと、ワンピースの裾を巻き上げていった。夜の官庁街とはこんなにも静かなものなのだろうか。ひっきりなしに車は往来しているのに、耳に届いてくるのはただＯ氏と自分の靴音ばかりだった。

私たちは次に書く小説について話した。

「芥川賞受賞作より良い作品しか載せません」

脅すでもなく、威張るでもなく、ごく当たり前の口調でＯ氏は何度か同じことを口にした。そう言われるたび、びくびくしてうつむいてしまった。次の小説はまだ一行も書けていなかった。

「ええ、もちろんです。よく承知しています」

せめて物分りのいい人間に思われようと、私は精一杯素直な声で返事をした。

思いのほか長く歩いている気がした。慣れない靴で足が浮腫み、踵がだんだん痛みはじめて

いた。二次会の会場はまだ遠いのだろうか。地図に記された×印の赤色がまぶたに蘇ってきた。真っ直ぐにのびる並木道の先に目を凝らしたが、暗がりが続くばかりで目印になるようなものは何も見当たらなかった。それでもＯ氏が再び地図を取り出そうともせず、迷いなくずんずんと歩いてゆくので、「まだでしょうか」と尋ねるのははばかられた。

「皆さん、お待ちでしょうね」

「いいえ、勝手に楽しくはじめていますよ」

「そうでしょうか」

「すっかり酔っ払って、主役のことなど忘れています」

「それならいいんですが」

「ええ、そういうものですよ、二次会とは」

相変わらずＯ氏は泰然とし、ぶれることなく前方を見据えていた。

私たちは高速道路の下をくぐり、広場を横切り、いくつか橋を渡った。解体途中のホテルがあり、立ち入り禁止の研究所があり、さびれたボート乗り場があった。いつの間にか街灯は途絶え、人の姿は見えなくなっていた。「もしかして道を間違えたのでは」という疑問が浮かんでは消えた。

いよいよ足の痛みが我慢できなくなり、私は靴を脱いで道端に放り投げた。思いがけずそれは遠くまで飛び、暗がりの向こうへ落ちていった。そのあたりは土手になっているらしく、靴

は柔らかい草地をしばらく転がったあと、茂みの根元か何かに引っ掛かったようだった。

「いいんですか？」

「どうせ安物です」

風は止む気配を見せず、街路樹の梢を揺らしながら頭上でいくつも渦を巻いていた。美容院でセットした髪は乱れ、口紅はとうに剝がれ、白粉の吹き飛んだ頰は乾燥してひび割れていた。靴を脱ぐと途端に身体が軽くなり、ストッキングが破れるのも小石が足の裏に食い込むのもいっこうに気にならず、それどころか更にいくらでも歩けそうな気になってきた。授賞式のざわめきも踏みつけにされた造花も干からびたローストビーフも既に名残さえなく、代わりに勢いを増してくるのは土手の下から吹き上げられる水のにおいだけだった。

もう一つ私たちは橋を渡った。真ん中あたりで突風が吹き、思わず立ち止まって目をつぶった。ワンピースの裾とドレープがパタパタと苦しげな音を立ててなびくのが聞こえたかと思うと、次の瞬間、いともあっさりとそれは私の身体をすり抜け宙へ舞い上げられていった。はっとして手をのばしたが到底間に合わなかった。うっすらと開けた目の縁に、渦を巻きジグザグを縫い楕円を描きつつ闇の一点に吸い込まれてゆく赤色が映った。

「あそこが地図にあった印だ」

私はつぶやいた。そこを目指して橋を渡りきると、細い木々や水生植物が密集する浮島にたどり着いた。一歩足を踏み出すたび、踵が湿った土に埋もれた。そのままずぶずぶと川に沈ん

でしまうのが怖くて、休まず歩き続けた。進んでも進んでもその向こうにはただ闇が広がるばかりだった。

念のため、一度だけＯ氏の名前を呼んでみたが返事はなかった。もうそれは分かりきったことなのだと思い、未練は持たずに前進を続けた。足の泥を拭い、絡まる枝をかき分けた。川は飛沫も上げず、ほとんど静止しているのかと錯覚するほどなのに、耳を澄ますと足元からゴーゴーと地を揺らすような音が聞こえてきた。

今頃二次会はさぞかし盛り上がっていることだろう。皆リラックスして軽口を叩き、お酒をお代わりし、大笑いしている。Ｏ氏もいつもの落ち着いた様子で片隅に腰掛けている。授賞式と同じく私は、微笑だけは絶やさず、それでもやはりわけの分からないままでいる。

しかし本当の私はここにいる。流れにぽつんと取り残された暗い島の中に。誰の助けもなく、地図もなく、ドレスも靴も失い、ただ一つ次に書く小説だけを求めて、今も一人さ迷い続けている。

川と私

なぜか大切な風景の記憶の中には、必ず川が流れている。悠々とした静けさをたたえながら、風景の真ん中に横たわっている。それは私の記憶を受け止める支柱であり礎である。

生まれた家は旭川のすぐ近くにあった。裏口から走り出て短い坂道を登ると、目の前がぱっと開け、そこにお城と土手と旭川がいっぺんに姿を現した。その土手を降りたところにある河原で、弟や従兄弟たちといつも転がるようにして遊んでいた。河原へ降りる階段が土手沿いに何ヶ所かあるのだが、そんなものには目もくれず、膝小僧がすりむけるのもお構いなしに、文字どおり競い合ってコロコロ転がっていた。自分の身体で押し潰した草々の青っぽい匂いと、回転する視界の向こうに横たわる旭川の姿が、今でも忘れられない。

高校生になって、河原で遊ぶには大きくなりすぎると、私は自転車で、川のこちら側からあちら側へ、相生橋を走り抜けるようになった。あちら側には大きな本屋さんがあった。口うるさい親や、友だちのいない学校から脱出し、本の海へ逃げ込むように、一生懸命自転車を漕いで川を渡った。本屋さんで本の匂いに包まれてさえいれば、自分は自由になれるのだと信じていた。一冊本を手に取り、ページをめくるだけで、普段より深く息が吸い込めるようだった。

しかし、貧乏な高校生にとって本は高価な品で、買いたい本と出会っても、「学校の図書室で探そう。そうすればタダだ」とつぶやき、結局棚に戻してしまうのが常だった。

　高校三年の冬休み、旭川沿いに建つホテルのレストランでウェイトレスのアルバイトをした。お正月の早朝、川沿いの道を自転車で走っていると、凍える空の向こうから朝日が姿を現した。生まれたばかりの太陽の光に向かって走りながら、ああ、今日もお釣りを間違えて怒られるだろうか、それともメニューを聞き間違えて怒られるだろうか、とびくびくしていた。

　それでも自分の力で働いていることが、うれしくてならなかった。このまま光を突き抜けて走ってゆけば、もっと広い世界にたどり着けるのではないだろうか、という予感に包まれていた。アルバイトの最終日、いただいた封筒を携え、私は一番に本屋さんへ行った。生まれて初めて稼いだアルバイト代で買ったのは、『万葉集』だった。

　初めての町を旅した時の記憶もまた、川の風景と切り離しがたく心に刻まれている。パリのセーヌ川、プラハのヴルタヴァ川、ウィーンのドナウ川、ロンドンのテムズ川、ケルンのライン川、アウシュビッツのソウァ川、アルルのローヌ川……。文学祭出席のため、朗読会のため、取材のため、さまざまな目的でそれらの町を訪れたが、一歩日本を出た途端、否応なく無口になるのはどこでも同じだった。小説を書いている者が言葉を奪われると、必要以上に不安に陥っておどおどしてしまう。その国の言葉で翻訳された自分の本を目の前にしても、なぜか毅《き》然《ぜん》

としていられず、自分がそれを書いたなどとはとても信じられない気分になるのだった。だから私は気分をしっかりさせるため、かっと目を見開いて、何度もその町の地図を眺めた。迷子にならないよう、自分の今いる場所を見失わないよう、見慣れないアルファベットが並ぶ地図を指でなぞった。

地図の真ん中には川が流れていた。それは私にとって大事な道標だった。今晩サイン会をする書店は左岸にある、明日シンポジウムが開かれるホールは東岸の旧市街地にある、と川を頼りにして確かめておけば、迷子になるはずもなかった。

遠い小さな国からやってきた、頼りなさげな作家の言葉を、人々は真剣に聞き取ってくれた。たとえ喋《しゃべ》る言葉は違っても、小説を書く人間に対する尊重の念が伝わってきて、私は恐縮してしまった。と同時に、長い時間飛行機に乗ってやって来て、やっぱりよかったなあと思い、世界中どこにでも小説を必要としている人々がいるという事実に、励まされる思いがした。

小説が上手く書けない時、私は遠いどこかの町を思い浮かべる。もちろんその町には川が流れている。その川を渡り、小さな書店やホールへ、恐る恐る足を踏み入れる自分を思い出す。目の前には言葉の通じない人々が待っている。私は拙い自分の小説について、一体誰が私の言うことになど興味を示すのだろうかと心配しながら、ぼそぼそと喋る。ところが私の心配をよそに、皆は一言でも聞き逃すまいという意気込みで、こちらを見つめている。私が書いた小説を手に取り、ページをめくり、「サインをお願いします」と言って本を差し出す。日本語とア

ルファベット、両方でサインをすると、その人ははにかむような笑顔を見せ、「ありがとう」と言ってくれる。

その笑顔を思い出せば、また小説を書く元気が戻ってくる。

結婚して高梁川沿いの社宅に引っ越してきた時、私はまだ作家になっていなかった。自分の書いた小説を発表できたらどんなにいいだろうと夢見ながら、心のどこかでは、きっと無理に違いないとあきらめていた。

社宅は3Kの間取りで、どこかのコンセントに掃除機をつなげば、それで全部の部屋が掃除できるくらい狭かったが、南側に高梁川の河口とそれに続く海が見え、眺めだけは広々としていた。私は台所の、二人きりしか座れない小さな食卓で小説を書いた。誰に読んでもらう当てもなく、それでもとにかく書いた。水島のコンビナートで働いていた主人は忙しく、夜遅くまで帰ってこなかったから、時間はたっぷりとあった。食卓の上にはラップをかぶせたお皿、流し台には汚れたままの食器、ガス台にはお鍋。そういうものたちに囲まれながら、現実の生活とはかけ離れた想像の世界を旅していた。

ふと目を上げると、窓の向こう、暗闇の中には高梁川が横たわっていた。流れは緩やかで、その気配はあくまでも静かだった。

新人賞に応募した私の小説が、最終選考に残りましたという電話が掛かってきたのは、社宅

に移り住んで二年ほどが過ぎた、夏の終わりだった。受話器から聞こえてくる編集者の声が、とても綺麗なバリトンだったのをよく覚えている。

最終選考に残ったということは、選考委員の先生に原稿を読んでもらえるのだ。もうそれだけで十分じゃないか。だってつい昨日まで、誰一人私の小説を読んでくれる人などいなかったのだから。いや、このチャンスを逃してはいけない。新人賞がもらえるかもらえないか、どちらにしても、もっといい小説を書かなければ……。そんな思いが駆け巡る中、もう一人の私は、汗ばむ手で受話器を握り、ああ、何て素敵な声の人なのだろう、とつぶやいていた。

次の年、夏のはじめ頃、芥川賞の候補になりましたとの知らせが届いた。夕方、晩ご飯の支度をしていると呼び鈴がなり、玄関の外に郵便屋さんが立っていた。ドアを開けた途端、郵便屋さんの向こうの空に広がる、まるで作り物のように見事な夕焼けが目に飛び込んできた。その夕焼けの中を、高梁川が普段どおりに流れていた。

これほど美しい夕焼けを自分はかつて一度も見たことはなかったし、これから先も目にすることはないだろう。今自分は、生涯で最も美しい夕焼けの中にいるのだと、私は確信した。郵便屋さんが手渡してくれた速達は、薄っぺらで味気ないただの茶封筒だったが、中味はかけがえのないものだった。

しかし、小説ばかりに構っている場合ではなくなっていた。赤ん坊が生まれたのだ。食卓には書きかけの原稿、ガス台には作りかけの料理、ベビーベッドには赤ん坊。一日中狭い社宅を

くるくる駆けずり回っても、何一つ思い通りにはかどらなかった。

当時まだ紙おむつが出始めたばかりで、紙おむつで育てると子供の情緒に影響する、などという根拠のない噂があり、新米ママの私もすっかりその噂を信じてあくまでも布おむつにこだわっていた。楽をするとそのツケが全部子供に回りそうで、怖かったのだ。子育てとは一生懸命苦労してしなければならないものだ、と信じ込んでいた。

だから一日に何度もベランダに出て布おむつを干した。皺が寄ってごわごわしないよう、ぴんと引っ張って、何枚も何枚も洗濯バサミで止めていった。明日になればどうせまたすぐ汚れてしまうものを、綺麗に洗ってお日様に当てた。

ベランダからは高梁川が見えた。けれど風景に心を寄せ、深呼吸をするゆとりなど私にはなかった。

不思議と小説を休もうとは思わなかった。しばらく子育てに専念して、一段落したらまた書けばいい、などとゆっくり将来を設計する余裕さえなく、目の前にある仕事をやり遂げるだけで精一杯だった。どんなに忙しくても、小説を書くのをやめてしまったらおしまいだと、自分で自分を脅迫していた。別に私一人が小説を書かないからといって、何がおしまいになる訳でもないのに、結婚と仕事と子育ての三つがいっぺんに押し寄せてきたそのどさくさに圧倒され、神経がどこかで麻痺していたのかもしれない。

仕事で東京へ向かう時、家から新倉敷駅まで高梁川沿いの土手を車で走る。やがて土手をは

ずれ、川が見えなくなるにつれ、気持も仕事の方向へ集中してゆく。もちろんおばあちゃんに預けてきた子供のことは気になるが、そればかりに気を取られてもいられない。おばあちゃんに抱かれ、機嫌よくバイバイをしていた子供の姿を思い浮かべ、気が済むまで心の中で手を振ったら、あとはもう東京に乗り込んでゆくだけだ。

反対に、仕事を終え、新幹線を降り、車の窓から高梁川が見えてくると、東京での出来事は全部遠ざかってゆく。子供のおむつのことがだんだん気になってくる。

どんなに長い間留守にしていても、どんなに遠くへ旅をしても、必ず高梁川は変わらぬ姿で私を待ってくれている。私の居場所を指し示してくれている。

縁あって、六年前に倉敷から芦屋へ引っ越した。芦屋には芦屋川がある。旭川や高梁川のように大きな川ではないが、それでもちゃんと町の真ん中に川が流れていることは、私を安堵させる。

川べりを犬と一緒に歩いていると、故郷の川のことを思い出す。水の流れのそばにいると、人はなぜこんなにも心が安らかになれるのか不思議に思う。高梁川の近くに暮らしていた頃は、ゆっくり散歩をする暇もなかったけれど、食卓から、ベランダから無意識に川を眺めては、ざわつく心を落ち着かせていたのかもしれない。

人生で一番忙しかったあの時に、黙って私に寄り添ってくれた高梁川。川に感謝する、とい

うのはおかしいだろうか。いや、そんなことはない。このページを借りて、堂々と感謝しよう。

もちろん高梁川は、何の見返りも求めない。

フーヴォー村の小学校

大学を卒業して以来、学校と名の付く場所には縁遠くなった。子どもの保護者会や、授業参観などで、たまに学校へ足を踏み入れる機会があると、妙に緊張する。居心地の悪さを感じてすぐに帰りたくなる。

友だちを作るのが下手で、皆と一緒に同じことをするのが嫌で、そこから逃げるように一人本ばかり読んでいた頃の自分を、思い出すからだろうか。こんな性格の私が不登校にもならず、よくもまあ長い学校生活を無事に全うできたものだと、今さらながらしみじみと思う。

三年ほど前、南仏プロバンス地方の小さな村、フーヴォーで開かれた文学フェスティバルに参加した時のことだった、日本文学について語るシンポジウムや、サイン会、村長さん主催の食事会など、楽しくスケジュールは進んでゆき、二日目の午前中、主催者の方から、

「今日は皆さん、村の学校を訪ねて子どもたちに日本の話をしてやって下さい」

と告げられた。

予想外の展開に私は少々戸惑った。あらかじめスケジュール表は受け取っていたのだが、フランス語で書いてあったのでよく意味が分かっていなかったのだ。当然、何の準備もしていな

かった。

作家たちにはそれぞれ、近郊の小学校、中学校、高校が割り当てられた。私は村のはずれにある、小さな小学校だった。

小学生相手に、何を喋《しゃべ》ったらいいのか見当もつかなかった。しかも言葉の通じないフランス人なのである。通訳として、私の小説の翻訳者であるローズ・マリーさんも同行してくれたが、小学生たちが遠い日本の名もない作家の本など、読んでいるはずがない。どうしたらいいのか、私はただ焦るばかりだった。

こぢんまりとした平屋の校舎に入って行くと、満面の笑みを浮かべて先生が迎えて下さった。壁のあちこちに可愛らしい絵が飾ってある。先生が号令を掛けると、教室から子どもたちがあふれ出し、ロビーに集まってきた。

皆、興奮している。私に興味があるからではなく、普段の授業とは違う雰囲気に、わくわくしているだけなのだ。

「では、質問のある人」

あらかじめそういう段取りになっていたらしく、先生がそう言うと、一斉に手が上がった。そのあまりの元気のよさに、「えっ、聞きたいことなんてあるの？」と私は一歩たじろいだ。

「漢字は全部で何個あるんですか？」

いきなり難問だ。そんなこと考えたこともない。

「数えきれないくらいです」

と答えた。「ほーっ」と、感嘆の声が上がった。

「日本人はそれを全部覚えているんですか」

「いいえ、とても全部は覚えきれません。ですから私も、小説を書く時、何回も辞書を引きます」

再び、「ほーっ」の声。

「先生の名前を漢字で書いて見せて下さい」

はい、これはお安い御用。

「小川洋子。洋という字は大きい海を意味します。左側のちょんちょんちょんが、水を表しています。おじいちゃんが、海のように大きな心を持った人間になってほしい、と願いを込めて名付けました。ところが私は、小川さんと結婚してしまったのです。これは小さな川、という意味です」

子供たちも先生も、皆うれしそうに笑った。人の名前にそんな秘密が隠されていることが、不思議でならないという目をしていた。その秘密を解き明かす私に尊敬の眼差しさえ向けてくれた。

いつの間にか、緊張も戸惑いも居心地の悪さも消えていた。恐らく、二度と訪れることはないだろうけれど、生涯決して忘れないだろうその小学校を、私は幸せな気持ちで後にしたのだった。

長年暮らした倉敷市の住まいを引き払い、阪神間と呼ばれる場所へ私が越してきたのは、震災から七年が過ぎた年の春だった。一見、町は平穏を取り戻しているようではあったけれど、それでも風景のあちらこちらに、出会う人々の言葉の端々に、震災の記憶ははっきりと刻まれていた。表面上どんなに完全に復興したとしても、震災前と後の町は同じではあり得ないのだという事実が、以前の町を知らない私にも感じられた。

息子が入学する中学校へ初めて行った時、体育館の脇に、ここが震災当時、遺体安置場になっていたこと、校庭には仮設住宅が建てられていたことを示す石碑があるのを見つけた。花壇の中にひっそりとたたずむ、小さな石碑だった。

体育館で入学説明会を聞いている間、心のどこかではずっと、自分が今いるこの場所に安置されていた方々のことを考えていた。ご遺体に寄り添う家族の姿を思い浮かべていた。体育館の向こうに広がる校庭に目をやれば、早春の光の中、規則正しく連なる仮設住宅の影が映し出されるようだった。

その時、今のここは、震災以前のここへはもう戻れないのだなあと思った。体育館の床にも

校庭の地面にも、昔遺体が安置され仮設住宅が並んでいた記憶は染み込んでいて、誰もそれを素通りはできない。気付かない振りをするのは許されない。

時間はつながっていても、そこには震災という深い川が横たわっている。今と以前を行き来しようと思えば、震災を直接経験したかしないかとは関わりなく、誰もが素足で、冷たい流れを渡る必要がある。その冷たさを心で感じながら今の地点に立つことでしか、私には死者を悼む術《すべ》が見つからない。

犬の散歩の途中、ふっと空き地を見つけることがある。目の前にがらんとした空洞が立ち現れる。石積みの塀と門柱に残る表札の跡が、かつてここに人が暮らした名残を留めている。敷地には雑草が生い茂り、落ち葉が積もり、手入れの行き届かない樹木たちが自由に枝を伸ばしている。ごくありふれた町並みの中でそこだけ、空が広々として見える。

私は空き地のそばにしばらくたたずむ。どうぞごゆっくりなさって下さい、とでもいうように、犬は大人しく足元にうずくまる。

道のはずれまで続く立派な御影石の塀からすると、きっと大きなお家《うち》が建っていたのに違いない。広い庭を子供たちが駆け回っていたのか、あるいは老夫婦が日当たりのよい窓辺でまどろんでいたのか。いずれにしてもこの土地で、生活を営んでいた人々が存在し、時の流れの中、何かしら逆らえない事情によって、ここから去っていった。そして今、ここには誰もいない。

会ったこともない、名前も知らない誰かの人生について私は思いを巡らせる。それは全く勝

手な想像に過ぎないのだが、現実を記憶する術の一つとして物語が大事な役目を果たすと私はよく知っているので、心行くまで静かに自分一人のための物語を語る。

やがて私は、空き地に暮らした人々の中に自分自身の姿を見るようになる。庭を駆け回る子供と窓辺の老人は、私自身であったかもしれない。死者に思いをはせる時、どのような死も決して他人《ひと》事《ごと》ではないのだ、という自然の摂理に行き当たる。

「もう、よろしいですか?」

ちょうどいい頃合いで犬が立ち上がり、私を見つめる。私たちは再び散歩を続ける。

図鑑と空想

子供の頃、図鑑に書いてあることが全部事実だとはとても信じられず、筆者がこっそり自分の空想を織りまぜているに違いないと思っていた。記憶ははっきりしないが、例えば、当時愛読していた学研の動物図鑑には次のような記述があった。

「モグラは大食いです。十〜十二時間食べずにいると死んでしまうほどです」

「間の抜けた顔のバクは、本当に夢を食べているわけではありません。塩が好きで、塩を置いておくとなめにやって来ます」

「シカは歩きながらポロポロとふんをしますが、カモシカは違います。腰を落とし、何か考えごとをするように遠くに目をやりながら、時間をかけて一箇所に、ふんとおしっこをします」

ついうっかり十時間眠ってしまうと、モグラは空腹死するのか。折り紙に砂糖をのせてアリの好きな色を調べる夏休みの自由研究を、塩とバクでやったら文部大臣賞が受賞できるだろうか。用を足しながらカモシカは一体、何を考えているのか。考える間もなくポロポロふんをするシカは、カモシカよりもおバカさんなのだろうか……。

私の空想はどこまでも広がっていった。いつしか私の中で、モグラは空腹を怖れて不眠症を

患い、バクは小学生の夏休みに欠かせない生き物となり、カモシカはシカにライバル心を燃やされていることなど気づきもしないまま、自分が何者であるかについて瞑想《めいそう》している。

図鑑を開けばいつもそこに物語があった。写真の脇に添えられた一行の説明文から、壮大なお話を作り上げることができた。

あの子供時代の心躍る体験を、もう一度味わえたらどんなにいいだろうと思って書いたのが、『ブラフマンの埋葬』である。本箱から自分だけの秘密の図鑑を取り出し、〝ぶ〟のページを開き、ブラフマンを探す。そこに記されたブラフマンの成育過程、活動場所、食べ物、サイズ、寿命、等々の項目を熟読し、写真や図を眺め、ブラフマンの様子を心に思い描く。それをそのまま言葉で書き写してゆく。

『ブラフマンの埋葬』ほど、余計なことを考えずのびのびと書けた小説はない。私はただ図鑑のブラフマンを観察しているだけでよかったのだから。ブラフマンは何の動物かと聞かれたら、ご自分の図鑑を開いてみて下さい、と答えるしかない。

最果てはどこにある

フィリパ・ピアス、『トムは真夜中の庭で』は、トムがおじさんのアパートの裏庭に通じるドアノブを回すところから大きく動きはじめる。ある夜、大時計が十三回鳴るのを聞いたトムは、月明かりを求め、普段閉まったままになっている扉を開ける。扉の向こうには、ゴミ箱が置かれた、狭苦しく味気ない裏庭があるはずだった。ところがトムの目に飛び込んできたのは、芝生や花壇やイチイの木立に彩られた、太陽の日差しにあふれる広大な庭園だった。この庭園でトムは、時間を自在に行き来しながら、ハティという名の少女と友情を育むことになる。

子供の頃、トムが羨ましくてならなかった。ドア一つ隔てたところに物語が隠れているのだとしたら、自分にも探し出せるのではないだろうか、という気がした。家なき子や小公子やハイジやネロたちは、本の中だけでしか出会えない人たちだと信じ込んでいたけれど、もし彼らが私のいる場所とつながり合った、すぐ向こう側の世界の住人ならば、きっと私もトムと同じようにドアノブを回せるはずだ。なぜか根拠もなく、そんな自信を持った。

つまりその時私は、既に本に書かれているお話を読むのではなく、自分で物語を発見しようとしていたのだと思う。何と無謀な試みであろうか。

私はよく穴を掘った。そのあたりに転がっている木の枝で道端に穴を掘っていると、時間を忘れた。土の中からはさまざま思いがけないものが現れ出てきた。ネジ、魚の骨、貝殻、犬のフン、王冠、腐った木の実……。それら一つ一つに独自の表情があり、においがあり、土に埋もれた事情があり、物語があった。本を読む時と同じくらい、私は夢中になっていた。元々の役目を失った錆だらけの小さなネジが、私にとってのハティだった。

あるいは蟬の抜け殻を集めるのも好きだった。夏休みになるとそこかしこに蟬の抜け殻が散らばり、人々に踏み付けにされていたが、それらを収集し、クッキーの空き缶に並べておいた。脚を数本失っているのもいれば、一切欠けたところのない完全な殻もあった。このうえもなく複雑な曲線を描きながら蟬の形を再現し、琥珀と見まごう半透明な色を持ち、掌《てのひら》に載せるとまるでそこにないかのように軽かった。もう誰にも必要とされていないものが、なぜこんなにも美しいのか不思議だった。クッキーの缶を開けるだけで、トムがハティのいる時間を旅したのと同じように、蟬の過去に身を置くことができた。

物語のありかとしてもう一つ私が目をつけたのは、家と家の隙間だった。子供の頃暮らしていたのは、戦争中焼け残った町並みがまだそのまま残っているところだったので、古い木造家屋が密集し、具合のいい隙間がいくらでもあった。人一人通るのも難しそうなあの狭さ。一体どこまで奥が深いのか見当もつかない薄暗さ。じめじめとした湿気。そこだけ細長く切り取られた空の高さ。何もかもが魅惑的だった。

特に忘れ難いのは家の斜め向かいにあった隙間で、本当は勝手に入り込んではいけなかったのだろうが（たぶん私有地だったはずだから）、そんなことにはお構いなくほとんど毎日、小学校の行き帰りにそこを通っていた。一歩足を踏み入れた途端、光が後ろに遠ざかり、空気の感触が変わり、ランドセルで鳴る筆箱の音がぐんと耳元に近づいてくるような気がした。両肩に触れるほど迫っている壁は黒光りし、ひんやりとしていた。このまま隙間がどこまでも続いてくれたらなあ、という願いと、もしここから出られなくなったらどうしよう、という恐れの両方がこみ上げてきて、胸がどきどきした。

　しかし隙間は呆気なく終わる。毎日通っているのだから、そんなことはよく分かっている。そのうえでなお、わざと胸をどきどきさせているのである。

　隙間の先は誰かの家の中庭になっていた。もちろんトムが見た庭園とは似ても似つかない、狭くてうらぶれた中庭だった。植木鉢が二、三個転がり、枯れた井戸があり、物干し竿にはおしめが干してあった。時折、縁台におじいさんが一人腰掛けていることがあった。ひどくやせ細った、奥目のおじいさんだった。帯もきちんと締めないまま、よれよれの寝巻きを着て、頭はカールした白髪がくしゃくしゃに絡まり合っていた。侵入者の私をとがめるでもからかうでもなく、ただぼんやりと座っていた。一応私は挨拶をしたが、返事はなかった。いつも他人と視線を合わせなくてすむ、絶妙な角度に顔を傾けていた。

　ある時、おじいさんがぶつぶつ独り言をつぶやいているのに気づいた。何を喋《しゃべ》っているのか

気になった。目の前にいる人が言葉を発しているのだから、耳を傾けるのが礼儀ではないだろうかと思った。しかしおじいさんに近寄るのは、どうしてもはばかられた。背中を丸め、細い足を組んでいるおじいさんの、乱れた寝巻きの裾から、微妙なところが今にものぞいて見えそうだったからだ。それを見てしまった瞬間、自分は本当に隙間に閉じ込められてしまうのではないか。そんな恐怖が押し寄せてきた。素知らぬ振りを装い、私は慌てて中庭を駆け抜けた。

　いつの間にかおじいさんは姿を消し、私は子供時代を卒業し、古い町並みは次々取り壊されて隙間もなくなってしまった。あの時、どうしておじいさんの言葉をちゃんと聞いてあげなかったのだろう。今でも時々思い出しては、後悔の念にとらわれる。トムとハティが一緒に過ごした庭園と同じくらい素晴らしい世界について、おじいさんは語っていたかもしれないのに、と考えたりする。

　物語を探すため、隙間へ入り込んでいた遠い記憶をよみがえらせるようにして書いたのが、今回の短編連作『最果てアーケード』だ。そうだ、アーケードこそ隙間ではないか、と気づいた。寂れた観光地やヨーロッパの旧市街や小さな私鉄の駅裏などを歩いていると、思いがけず小さなアーケードに出会うことがある。ちゃんと商売が成り立つのだろうかと心配になるくらい、人影の少ないアーケードだ。しかし一旦《いったん》見つけたら、素通りはできない。そういうアーケードにはたいてい、誰がこれを買うのだろう、とつい独り言を漏らしたくなる品物が売られている。当然店主たちも、どういういきさつからこの商売をはじめたのか、想像してもしきれな

い謎をはらんでいる。ランドセルを背負い、隙間に潜り込んでいた子供の頃に戻って、私はアーケードを歩く。どこかで寝巻き姿のおじいさんがつぶやいていないだろうかと耳を澄ませている。

　タイトルに最果ての言葉をつけた時、ああ、昔穴を掘ったのも蝉の抜け殻を集めたのも隙間を通ったのも全部、最果てに行こうとしていたのだ、と納得がいった。物語は最果てにあるのだ。

『最果てアーケード』にはドアノブ屋さんが登場する。皆からノブさんと呼ばれ、丸く結い上げた白髪がまるでドアノブのように見えるおばあさんが、店主をしている。店の中は壁一面ドアノブが並び、一個一個全部回して開け閉めの調子が確かめられるよう、工夫されている。

　もし子供の私がここへ紛れ込んだら、全部のノブを回してみないではいられないだろう。回した途端、この世界すべてを転回させてしまう秘密のノブがきっとあるはずだと信じ、根気強く端から順番に手をのばしてゆくはずだ。今、私はそんなふうにして小説を書いているのだから。

　さて、ノブさんは商品に指紋をつけるだけで何の儲けにもならない子供を、邪険に追い払ったりはしない。好きなだけそこにいさせてくれる。ドアノブを回す私を優しく見守っている。もし私がドアの向こうへ姿を消したとしても、いつまでもじっと待っていてくれる。

言葉と小鳥

「最近、小鳥のことばかり考えているんです」

ここ数年、会う人ごとにそう言い続けてきた。小鳥について勉強するとか、飼鳥クラブに入会するとか、バードウォッチングを楽しむ、というのではない。何の種類かよく分からないが、とにかく小鳥が私の胸のどこかに巣をこしらえ、絶えずさえずっている。そんな感じだった。

ただし、別段珍しい事態ではない。以前は小さな男の子が棲みついてチェスに熱中していたし、その前はロマノフ王朝の生き残りの老婦人が刺繍に精を出していた。居座るのは生き物ばかりとは限らない。いきなり博物館が建設されたこともあれば、標本室が出現したこともあった。

それらは全部、私の中にありながら、私自身が生み出したのではない。こちらの都合など顧みず、外の世界から飛び込んできた。ある日気がついたら、少年がチェスを指し、老婦人が針を動かしていた。

「失礼ですが、どちら様ですか」

と、思わず尋ねてしまいそうになるくらいの不意打ちだった。そして問題なのは、彼らに出

て行ってもらう方法が、たった一つ、小説を書き上げる以外にはない、ということなのだ。だから私はずっと小鳥の小説を書き続けた。なぜ今小鳥なんだ、と自問したくなる気持を抑え、ひたすら毎日を、小鳥小鳥小鳥で過ごした。

しかし決して、彼らが鬱陶《うつとう》しいわけではなかった。小説に取り掛かる前は、スズメとカラスとツルくらいしか見分けられない無知な私であったけれど、胸の中に響くさえずりがどんなに美しいかはよく分かった。胸の小鳥は他の誰でもない、私だけのためにさえずっていた。その響きは愛らしく理知的で、とても無視などできないひたむきさを持っていた。耳を澄ませているうち、ごく自然に、どうにかして彼の働きかけに応えたい、彼との間に通路をつなげ、そこに耳を当てて二人だけのやり取りをしたい、と願うようになった。その二人だけの通路が、私にとっての小説だった。

さえずりはまず、思いも寄らない方向から聞こえてきた。ある日、テレビでメジロの鳴き合わせ会についてのニュースをやっているのが、偶然目に留まった。野鳥のメジロは鳥獣保護法で飼育が禁止、あるいは制限されているが、法の目をかいくぐり、輸入証明書を悪用するなどして密猟する者が絶えない。彼らはカスミ網や鳥もちなど、乱暴な方法で捕獲される。例えば、特に鳴き声が優れているとされる屋久島のメジロは、ストッキングに詰めてフェリーで運ばれたりもする。ストッキングのような狭いところに押し込められると、メジロはお利口に鳴かな

いでいるらしい。密猟されたメジロは小鳥店などを通し、〝愛好家〟たちに不法に売買される。売買が成立するのは、当然、メジロを自分の持ち物にしたがる人々が存在するからである。清らかな水の流れにもたとえられるメジロの歌声を、彼らは求める。メジロが歌うのはメスに求愛するためだ。よって、地鳴きと呼ばれる短い鳴き声しか発しないメスは、彼らにとってお呼びではない。必要なのはオスだけなのだ。

　鳴き合わせ会とは、〝愛好家〟たちが集まり、自慢のメジロの鳴き声を競わせる大会のことで、競鳴会とも呼ばれている。ニュースで隠し撮りされていたのは、どこか町外れの、資材置き場のようなうら寂れたところで催されている会だった。中年を過ぎたあたりの労務者風の男たちが二、三十人ほど、竹ひご製の小さな鳥籠をいくつも抱えて集まっていた。もちろん鳥籠の中には、メジロが入っているのだった。

　晩御飯の支度をしている最中に偶然流れてきたそのニュース映像に、なぜか私は強く引きつけられた。そこはかつてどんな場所でも経験したことのない、独特な雰囲気に覆い包まれていた。限られた人間同士で秘密を了解し合う怪しさ。掌《てのひら》で握り潰せるほどにか弱い生き物を支配する傲慢さ。邪悪の中にあっても決して損なわれないさえずりの美しさ。メジロたちの愛らしさ。そうした清と濁の入り混じった様子から、目が離せなくなってしまった。

　しばらくのち、文芸誌の仕事で神経生態学の岡ノ谷一夫先生と対談させていただく機会があった。人間の言語がどうやって生まれたかを、生物学的に研究なさっている先生である。その

折、研究室で出会ったのがジュウシマツだった。

ジュウシマツは意味を伝えるためではなく、自分にはこんなにも優れた能力がある、適応力があるという事実をアピールするために、メスに向かって歌をうたうらしい。他のオスが真似できない複雑で繊細な技術を駆使し、より魅力的な歌を捧げることでメスにもてようとする。人間の言語の源は、小鳥の歌にあるのではないか、との考えで先生は研究を続けていらっしゃる。

先生との対談は驚きに満ちていた。毎日当たり前に使い、更には小説を書く仕事までしているにもかかわらず、言葉と小鳥がそれほど奥深い世界で通じ合っているとは、考えたためしもなかった。ジュウシマツは本能のままに歌うのではない。親の歌をお手本とし、練習を積み重ねる。練習のために孤独な時間を求め、記憶に刻んだお手本と自分の歌との間に食い違いがないかどうか確認している。ヘリウム空気の中で歌わせる実験をすると、変な声になったと思い、首を傾げたり歌うのを途中でやめたりする。歌が下手になっていないか常に自分の耳でチェックを怠らない彼らではあるが、いざ求愛する時には、無我夢中となり、自分の歌声を聴く余裕をなくしている。上手い歌い手のオスを目の前にした時ほど、メスの血中性ホルモンは増加している。

先生のお話を伺ったあとではもう、庭にやって来る野鳥のさえずりを、単なる日常の風景として受け流すことはできなくなった。彼らは単なる小鳥ではない。記憶を持ち、努力を惜しま

ず、孤独を恐れない。理想を掲げ、失敗を恥じ、集中する。愛、という言葉も使わないままに、愛されようと努めている。

いや、彼らは人間が言葉を持つずっと以前から、愛を音で表していたのだ。私たちが遠い昔に忘れてしまった先祖の言葉を、小鳥は歌にのせて発しているかもしれないのだから。

メジロとジュウシマツとの出会いが、私に一つの小説を書かせた。やはり取材の一環として、一羽くらいは自分でも小鳥を育てた方がよかろうと、甲子園の近くにある古い商店街のペットショップで文鳥を買った。まだ幼鳥で、オスかメスかはっきりしなかったのだが、とりあえずブンちゃんと命名した。やがてさえずるようになり、オスだと判明した。私が小説を書いていると、時折、自分の存在を忘れてはいないでしょうね、と探りを入れるように、透き通った声で家中に歌を響かせた。

ブンちゃんは今でも元気に歌っているが、私の胸の小鳥は、物語の最後の一行を書いたあと、どこかへ飛び去っていった。

琥珀の完璧な王国

人里離れた渓谷の村に生まれたその男は、幼くして孤児となり、幼女強姦未遂事件を起こして精神科病院に収容される。死ぬまで過ごすこととなった病室で彼は、二万五千ページにも及ぶ、架空の自伝を創作する。文章、ドローイング、コラージュ、楽曲で構成される物語の中で、彼は全世界を冒険し、美しい宮殿や珍しい動植物と出会い、災難にも打ち克ち、無尽蔵の財力と権力で巨大創造物を構築した。

男は雑貨屋を営んでいた。第二次世界大戦中、店をドイツ軍に奪われると、弟の家の屋根裏部屋に隠れ住んだ。戦争が終わっても決してそこから出ようとせず、差し入れを持って来てくれる人たちとの接触も拒んだ。風邪をこじらせて彼が死んだあと、屋根裏から非常に小さなサイズのドローイング、約五百点が発見される。題材はすべて人の顔で、大小さまざまな顔が連なり合い、含まれ合いしながら際限なく細密に紙面を埋め尽くしている。時折、胴体へとつながろうとする線が現れ、解放の予感がよぎるものの、すぐさま顔に引き戻される。

放浪の子ども時代を送った男は読み書きができなかった。やがて移動露天商となり、独学で絵を描きはじめる。その高度な線描画のテーマは、守銭奴、鳥、蛙、魔法の城などで、屋台に

飾っては、気に入ってくれた客に二束三文で分けてあげていた。やがて画廊に才能を認められるようになったが、いわゆる専門家との付き合いを毛嫌いした彼は、自分の展覧会が開かれている画廊の前で露店を開き、通りがかりの人にただ同然で絵を売った。

彼らは実在したアール・ブリュットの芸術家たちである。作品集『アウトサイダー・アート』（求龍堂）に掲載されている作家の中から三人を選び、略歴を参考にしてまとめてみた。もっとも彼ら自身は、芸術家などと呼ばれることを嫌がったかもしれないが。

一九四五年、フランスの画家ジャン・デュビュッフェによって命名されたアール・ブリュット（生《き》の芸術）は、専門の教育を受けていない人たちが、美術の世界の枠を超えたところで生み出す芸術である、と説明文にはそうあるのだが、最初にこの作品集を開いた時、私は誰か未知の小説家の創作ノートを盗み見したような錯覚に陥った。しかも、神様に祝福された小説家だ。この絵一枚、あるいはこの略歴数行に足を踏み入れ、探索してゆけば、どんな小説が書けるのだろう。ああ、もしこの創作ノートが自分のものだったら……と夢想した。

それほどにアール・ブリュットの世界は、魅惑的な物語にあふれている。作品も作者の人生も、その根底に人間の不思議を潜ませ、暗闇を飲み込み、はっと息を飲んで立ちすくむような奥深さを湛えている。

彼らは大声で自らの存在を主張しない。有名になりたいなどと願ったりしない。現実からの要求に応えるのではなく、自分にとっての宇宙を作り出してしまう。革新的であろうと、現実

世界でもがく芸術家たちをよそに、彼らは他の誰も想像できない言語で思考し、メロディーを奏で、色と形を操っている。組成の異なる空気を吸っている。

彼らの宇宙に憧れを抱きながら、とてもそこへ近づくことなどできず、しかしもし自分に何か方法があるとすればやはり、小説以外にないだろうと思って書いたのが、拙著『琥珀のまたたき』である。図々《ずうずう》しくも秘密の創作ノートを本当に盗み見した、と言えるのかもしれない。

主人公の少年、琥珀は、父親が残した膨大な図鑑の片隅に、自らの王国を建設する。住人はママときょうだい、あとは蝶々やロバやシロツメクサやデージーだけのささやかな世界だが、幼女強姦未遂事件の男が残した自伝の巨大さに匹敵するスケールを備えている。そして少年は雑貨屋の店主と同じく、生涯小さな場所に閉じこもり、放浪の露天商のように、自分の作品でお金をもうけようなどとは考えもしなかった。年老いてから芸術家専用の老人ホームに迎え入れられ、展覧会が開かれた時にも、彼の心を占めていたのは誇らしさではなく戸惑いだった。

この小説のため取材させていただいた、アール・ブリュットの専門家、アートディレクターのはたよしこさんの言葉が忘れられない。

「彼らには失敗もスランプもありません」

私の小説はいつでも失敗だらけだが、『琥珀のまたたき』の中で琥珀が築き上げた世界は、彼にとって完璧な王国であると、私は信じている。

「想像してごらん」

生まれて初めて手に取った本が何だったのか、もう忘れてしまったが、その時私の耳元で誰かがそうささやいたのだろう。声にならない誰かの声は、夢中でページをめくる私の、どこか深い一点に吸い込まれ、ずっと消えない響きとなって今でも鼓膜を震わせている。

神様が人間に想像する力を与えてくれて本当によかったと思う。与えられたものがあったからこそ私は、小説を書き、そのことによって自分の人生に喜びを見いだせたのだから。

「１９４１年。パリの尋ね人」。一昨年、ノーベル文学賞を受賞したパトリック・モディアノが書いたこの一冊を、手元に置いて、何度も読み返している。ある日モディアノは、古い新聞の尋ね人欄に目を留める。一九四一年の大晦日《おおみそか》に掲載された、行方不明の娘を捜すほんの数行の文章が、なぜか作家の心をとらえる。結局彼は、十年の歳月をかけ、ナチス占領下のパリで姿を消した見ず知らずのユダヤ人少女、ドラの姿を追い求めることになる。

貧しい無名の少女が生きた証しは、公の記録にも、関わりのあった人々の記憶にも、ほとんど残されていない。忘却の地層に埋もれた人間を掘り返すため、作家に残された手段はただ一

つ、想像を巡らせることだけだった。微《かす》かな手掛かりを頼りにパリの通りを歩きながら、作家はドラの姿を思い浮かべる。その時吹いていたかもしれない風を頬に感じ、心配する両親の気持ちに思いを寄せる。そういうやり方で、アウシュビッツで死んだドラと両親をひとときよみがえらせ、彼らの記憶にそっと手を添える。

　自分は生きた人間だけに取り囲まれているのではない。目の前にいない人、名前も知らない人、架空の人、これから誕生する人、死んだ人。むしろ目に見えない人々の方がずっとたくさん存在していると、時々実感する。素晴らしい物語を読んだり、天才科学者が宇宙誕生の秘密を発見したり、家庭菜園で朝露に濡れるキャベツを収穫したり、犬が顔をなめてくれたりした時、自分の貧弱な脳みそが感知できる範囲などたかが知れたもので、自分が生かされている世界はもっと広大なのだと、思い知らされる。

　自分の小ささを突きつけられるのに、決して不愉快にならないのが面白い。むしろほっとした気分になる。自分一人の価値観から抜け出して、他者を許すしなやかさを得られるからだろうか。

　自分の視線が届かない場所まで心を運ぶために、人は想像力を使う。最初からなかったことにしようとする暴力的な忘却に対抗し、どんな深い地層でも、どんな遠い地の果てでも自由に行き来して、そこに埋もれた誰かに目配せを送る。そんなふうにしてモディアノは、ドラを捜した。

だから私も小説を書いている。時々、あまりにも未熟すぎて嫌になるけれど、それでもどうにか踏みとどまっている。自分の生かされている世界がどれほど果てしなく、複雑でありながら尊いかを実感するために、想像の場所でしか出会えない誰かの声に耳を澄ませている。

『小箱』をめぐる旅

二〇一三年の初夏、ムカサリ絵馬を見るため、青森、岩手、山形を旅した。ただひたすらそれを見るだけで、他には何も必要ない旅だった。

初めてムカサリという言葉を耳にした時は、当てはまる漢字も思い浮かばず、もちろん意味も分からなかった。その音の響きは、他のどんな言葉とも似ておらず、鼓膜に不思議な感触を残した。たとえ辞書に載っているとしても、広大な言葉の海の片隅で、ひっそり孤島に閉じこもっているのだろう、と勝手にそんなイメージを抱いた。

専門家に伺うと、ムカサリとは結婚や花嫁を指す東北地方の方言なのだが、大事に育てた娘が嫁に迎えられ、去ってゆく、向こうへ去る、という意味合いを含んでいるらしい。響きがどことなく寂しげなのは、やはり見送る立場の言葉だからかもしれない。

そしてムカサリ絵馬は、未婚のまま若くして亡くなった我が子が、死後の世界で結婚できるよう、婚礼の様子を描いてお寺に奉納されたものである。そこには、死んだあとでも成長してほしい、結婚式を挙げて一人前になってほしい、と願う親の気持が込められている。

地方によっては供養絵額や、ガラスケースに納めた花嫁・花婿人形が奉納されているところ

もある。幸せの形は結婚式に限定されるわけではない。供養絵額には、立派な座敷でご馳走を前にお酒を酌み交わしている一家の宴や、綺麗な着物を着た女性が幼子と遊んでいる様子が、色鮮やかに描かれている。この世では出会えなかった者たちが、あの世で一緒になって楽しんでいるのだ。あるいはガラスケースの中には、死後の世界で成長する子どものために、玩具や文房具、大人になった証の煙草や車の模型が納められたりする。

　いずれにしても、それら絵馬や額やケースの中で、死者たちは現世と強く結びついている。愛する者がいるあの世は、手の届かない遠いどこかではなく、現実と地続きの、すぐそこなのだ、と信じる思いがあふれんばかりに詰まっている。

　青森県つがる市の弘法寺は、岩木山を望む広大な田園地帯の中にあった。案内して下さったご住職は、まだ小さなお子さんを二人育てているお父さんだった。奉納されたガラスケースは、本堂の奥にある部屋にびっしりと並べられていた。一つとして素通りできず、すべてのケースの前で立ち止まり、じっと中を見つめないではいられなかった。一個一個のケースが亡くなった人の魂なのだから、それは当然のことだった。

　写真に写る故人は幼い男の子。その前にはお菓子と缶ビール。花嫁人形は角隠し姿。二人の間に生まれた子どもはキューピー人形……。こんな具合に、一つのケースは死んだ子どもをそのまま永遠に閉じ込めておくための箱ではない。そこには時間が流れている。幼い我が子と成人した我が子が、何の矛盾もなく一つの空間を分け合っている。時間の流れこそが、こちらと

あちらをつないでいる。

　見よう見まねで素人が作った素朴な人形もあれば、特注品と思われる立派な人形もある。それらのいくつかには名前がついている。故人の名から一字取ったり、職業に由来していたり、好きな歌手の名前を借りたりと、そこにもまたさまざまな願いが渦巻いている。架空の嫁や孫に名前をつければ、彼らはもはや架空ではなくなる。

　ご住職のお話によれば、折にふれ、ご家族がお参りに来てケースの中身を整えるそうだ。お菓子や衣装は古くなるし、何より成長に合わせて必要な品は変化してくる。ガラスケースは両腕で抱えられるほどの大きさしかない。しかし成長する魂を見守る者にとっては、十分な広さなのだろう。人の心を映す箱庭、自然の摂理を凝縮した盆栽、無限を表現する棋譜。その広大さについて、似たものを思い浮かべてみようとしても、上手くいかない。ムカサリという言葉が果てしない海に浮かぶ孤島であるのと同じように、ガラスケースたちも、他の何かと手を結んだりグループを作ったりすることなく、青森の田園の中にただ一つの小さな世界を保っている。

　ガラスケースはその一個一個が言葉のない物語だ。切実に死者を求める者にとって、その物語は単なる絵空事ではない。生と死を平等に含む宇宙である。

　窓のカーテンが閉まっていたのか、窓などなかったのか、今ではよく思い出せないのだが、ケースが並ぶその部屋は光と影が柔らかく混じり合い、明るいとも暗いとも思わせない心地よ

さがあった。どこまでも静かだった。あたりを圧倒するような無音ではなく、こちらに寄り添ってくれる自然な静寂だった。

　ふと私は、こんなにも死者たちのそばにいるのに、自分が平穏な気持でいるのを感じた。幸福、と言ってしまうと誤解されるだろうか。けれどその時私の胸を満たしていたのは、子どもを亡くした人々の慟哭《どうこく》ではなく、魂の成長を見守る者の優しい視線だった。死者だけが運ぶことのできる静かな幸福が、そこにはあった。

　その後、遠野から山形に入り、最後に最上《もがみ》三十三観音の第十九番札所、黒鳥《くろとり》観音堂を訪れた。お堂は壁から天井まで、隙間なくびっしりと絵馬に覆われていた。すべてのスペースを埋めてもまだ足りず、せり出し、重なり合いしながら、なおも終わりは見えない様子だった。お堂がどうやってこの中身の重みに耐え、外観を保っているのか、不思議でさえあった。

　どれも絵画としての技術とは無縁の絵だった。その筆の純朴さゆえ、登場人物たちはみな善き人々に見えた。座敷にはご馳走が並び、屏風や掛け軸は豪華で、新郎新婦は初々しい表情を浮かべている。また別の絵馬では、正装した一家がお参りに向かう途中だ。お父さんは頼もしく、お母さんは美しく、赤い晴れ着の女の子は可愛らしい。彼らは人生で最良の時を過ごしていた。小さなお堂そのものが、何ものにも損なわれない幸福を守るための、一つの箱だった。

　帰り際、近くの管理人室にいた高齢の女性に挨拶をした。本当の管理人は息子で、自分はちょっと留守番をしているだけなんです、と女性は申し訳なさそうに言った。とんでもない、自

由に見学させていただきありがとうございました、おかげさまで小説を書くための貴重な出会いになりました、と私はお礼を言った。その途端、管理人のお母さんはきりっとした視線で、真っすぐにこちらを見つめてきた。

「小説？」

一瞬私は、とがめられるのかとひるんだ。

「小説を書かれるんですか？」

お母さんの口調には勢いがあった。

「ぜひ、いい小説を書いて下さいね。ぜひともね」

力強い励ましだった。お母さんの瞳には小説というものを信じる力がみなぎっていた。あなたはそれを書くべきなのです、と諭されているようでもあった。こうして私は、初めて会った、名前も知らない管理人のお母さんに、小説を書くことを約束したのだった。

ムカサリ絵馬の旅のあと、『小箱』が完成するまで六年の歳月がかかった。途中、回り道をしたような気もするが、今から振り返れば、この小説には必要な時間だったと分かる。ガラスケースが並ぶ部屋や、絵馬で埋め尽くされたお堂を目にしたからこそキャッチできた、普通なら見過ごしていたかもしれない数々の偶然に出会うことができた。そうしたすべてに手助けされ、ようやく一つの小説が生まれた。

行き詰った時、私を励ましてくれたのはもちろん、黒鳥観音堂の管理人のお母さんだった。

骨抜きのジョギング

夜、ジョギングをしていると、不意に心の中で音楽が聞こえてくる。昨日はフランク永井の『有楽町で逢いましょう』だった。

特別、フランク永井のファンでもなく、サインをもらった思い出があるわけでもなく、ただ懐メロ番組で見聞きしたことがあるというだけなのに、なぜか歌詞もきちんと浮かんでくる。

あなたを待てば雨が降る
濡れて来ぬかと気にかかる
ああビルのほとりのティー・ルーム

たぶん、ジョギングによって血の巡りがよくなり、長く不通だった脳の回路がつながって、思いも寄らない記憶が浮上してくるのだろう。とにかく近所の公園を走っている間中、フランク永井が歌ってくれている。

濡れて来ぬかと気にかかる。この一節がいいなあ、と思う。恋人が雨に濡れるのを心配している。しかも原因は自分にある。自分に逢うために彼女は雨に濡れるのである。もし風邪でもひいて、それが元で肺炎になって、命に関わるようなことになったら大変じゃないか、と責任

を感じている。

　こんなふうに思ってもらえる人は幸せだ。普通、風邪の心配をするのは親だけだ。その親もやがて老い、死んでゆく。そうなれば一体誰が自分の体のことなど気遣ってくれようか。そこに登場するのが恋人である。恋人なら、牛革のハンドバッグが濡れて台無しにならないか、急ぎすぎて歩道で転ばないか、道に迷って変な男に誘拐されないか、あれこれ心配してくれる。

　しかし、恋はいつか冷める。妻になってしまえばもう、余計な想像を巡らせる必要はない。妻はコンビニでビニール傘を買う才覚と、簡単には転ばない丈夫な足と、誘拐に引っ掛からない図々《ずうずう》しさを兼ね備えている。

　今、急に雨が降ってきたとしても、私の心配をしてくれる人は誰もない。私がこうして走っていることを知っている人も誰一人いない。ただフランク永井が、耳元で、〝濡れて来ぬかと気にかかる〟と歌っているだけだ。

『有楽町で逢いましょう』の前は麻生よう子の『逃避行』、そのもう一つ前は黒木真由美『感情線』だった。更に遡れば、『イヨマンテの夜』(伊藤久男)、『池上線』(西島三重子)、『危い土曜日』(キャンディーズ)と続いてゆく。すぐに題名と歌手が思い出せるケースばかりではない。むしろ断片だけがリフレインされ、その他の情報は何も思い出せず、家に帰ってネットで調べてようやく全容が明らかになる場合が多い。

　これらの曲、歌手の間に何か関連はあるのだろうか。とにかく出現のタイミングは突然なの

で、油断がならない。ついさっきまでは自分の呼吸の音しか聞こえていなかったのに、次の瞬間にはもう伊藤久男が「オーオー」唸っていたりする。一度こうして出会ってしまうと、一週間くらいは付き合うことになる。

『危い土曜日』には思い出がある。高校の文化祭の日、どこかの教室からずっとこの曲が流れてきていた。

　恋の夜が回るの
　ぐるぐる危い土曜日

あまりにも何度もこれを聞かされ、こっちの頭がぐるぐるしてきそうだった。

もっとも、思い出と言ってもただこれだけの話である。文化祭の演劇で主役を演じた、友人たちと出店で焼きそばを作った、先輩から告白された、そのバックで『危い土曜日』が流れていた……ということは一つもない。私はどんなグループにも所属できず、ただ一人、階段の踊り場で『危い土曜日』を聞いていた。

先日、高校の同窓会があり、講演のようなものをしてほしいと頼まれた。幹事の人が会報に私の高校時代のエピソードを載せようと、同級生に連絡を取ってくれたのだが、一言の証言も得られなかったらしい。

あの頃、学校へ行って、誰とも口をきかないまま帰ってくることはよくあった。体育の授業で、二人一組になって腹筋運動などする時、いつも私は一人余っていた。

今ではどんな場面でも、つい喋《しゃべ》りすぎて人をうんざりさせているくらいなのに、高校の三年間は本当に無口だった。少しはあの頃を見習って、黙っていた方がいいのかもしれない。小説を書いているだけで十分言葉を吐き出しているのだから、あとはずっと黙っていても釣り合いは取れるはずなのだ。

キャンディーズが可愛らしいハーモニーで『危い土曜日』を歌ってくれているうち、お腹が本当にぐるぐるしてくる。空腹すぎて体に力が入らなくなってくる。ジョギングの途中、時折訪れるこの低血糖的状態を、私は密かに待ち望んでいる。手足がひんやりとし、変な汗が出て、暑いのか寒いのか分からなくなって、エネルギーがぎりぎりのところで踏ん張っている、その危うい感じが嫌いではない。首を絞められて失神寸前になる時、快感を覚える人がいるらしいが、それと同じようなものだろうか。

けれどこうなったらフランク永井もキャンディーズも振り切って、早く家に帰らなければならない。そしてヤクルトを一本飲んで、血糖値を元に戻すのだ。

ジョギングを始めた当初の目的は、脳の回路をつなげ、新たな小説のアイデアを得ることであった。しかし浮かんでくるのは歌謡曲ばかりで、今のところ、小説の役には立っていない。

このまま永遠に夏が続くのでは、と思う暑さだったが、ふと気づけばやはり、季節は移り変わろうとしている。だとすれば、人に会えない季節もやがて、過ぎ去ってゆくのだろう。

新型コロナウイルスの感染拡大が深刻さを増すなか、ヴェネツィアに住むガラス作家の知人から久しぶりにメールが届いた。

〝……誰一人歩いていないリアルト橋のたもとで、小川さんのことを思っています〟

いっぺんに変化してしまった、遠い静かな場所で、私のことを思い出してくれている人がいる。ただそれだけの一行が、特別な意味を持っていた。

メールの最後には、〝今朝、堀辰雄の『風立ちぬ』を読み終えました〟とあった。高原の結核療養所と、封鎖された水の都。一冊の本は、閉じられた二つの世界を何の無理もなくつなぐ。

久しぶりに私も『風立ちぬ』をめくってみた。鉛筆で線を引いたこんな文章が目に留まった。

〝……何もかもそれに任せ切って置いた方がいいのだ。……そうすればきっと、私たちがそれを希《ねが》おうなどとは思いも及ばなかったようなものまで、私たちに与えられるかも知れないのだ〟

死の床にある婚約者、節子に向かって、主人公はそんなふうに語る。

節子にとっての死。我々にとってのコロナ。誰にとっても等しく、未来は未知のものである。もがき苦しみ努力をし尽くした果てに結局、人はその未知の前で頭《こうべ》を垂れ、すべてを委ねる境地に至るのだろうか。それが唯一、思いも及ばない恵みに出会える道なのかもしれない。だからこそ知人は、干潟に打ちつけられた杭《くい》に浮かぶ島で、黙々とガラスを吹き、私は日本の小さな町で小説を書く。それ以外、他に何もできないから、という理由で。

『風立ちぬ』を探していて、偶然、本棚のすぐ近くに、テネシー・ウィリアムズの『ガラスの動物園』を見つけた。支配的な母に抑圧され、社会に出て行けず、引きこもっているローラが、ガラスの動物たちを弟の友人ジムに紹介するシーン。えこひいきはよくないと分かっていながら、一番のお気に入りのユニコーンを差し出す。現実には存在しない寂しさを嘆いたりせず、他の動物たちと仲良く暮らしているユニコーンを、ローラは称《たた》える。しかしジムにとってそれは、単なるガラクタでしかない。

このシーンを読むたび、真の孤独とは他者への優しさから生まれるのだと気づかされる。うわべだけの、独りよがりな孤独を押しつけられるのはうんざりだが、ローラの手にあるガラスのユニコーンは、あらゆる光を受け止めてもなお、美しく透明なままだ。

もしかしたら、ローラのユニコーンを作ったのは、ヴェネツィアで『風立ちぬ』を読む、ガラス作家かもしれないと、幸福な錯覚に浸る。まさにその錯覚が、この夏私に訪れた、思いも及ばない恵みであった。

Ⅳ　読書と本と

官能とユーモア　田辺聖子『ジョゼと虎と魚たち』

優れた文学作品は必ずどこか官能的であるし、また、ユーモアを排除して傑作は生まれないと思うのだが、この二つ、官能とユーモアが共存する作品には、あまり出会えない。

官能の渦中に身を沈めた当事者たちは、至高の瞬間をつかもうと、死をも恐れない覚悟でもがいているのだから、ユーモアを体現するだけの余裕がないのも当然だろう。もちろん官能のあり方にはさまざまあるけれども、生み出す人も味わう人も、結果溺れてしまう人も、とにかく関わる全員が必死な状態に追い込まれてしまう。今日はこれぐらいにしておいて、残りは明日、などという悠長な話では済まされない。今が駄目なら、次はもうないのだ。

逃げ道を断たれた時、間近に漂ってくる死の匂いが、今の一瞬をよりエロティックに輝かせる。官能は死によって保障されている。このようにしばしば、官能が死と深く結びついている点が、ユーモアを遠ざける一つの理由かもしれない。

ところが、その共存しにくいはずの、官能も死もユーモアも、すべてしなやかに受容する物語を生み出している作家がいる。田辺聖子さんである。

短編集『ジョゼと虎と魚たち』を読んだ時の、私の第一印象は、何と愛らしいエロティシズ

ムにあふれた小説であろうか、というものだった。官能に品格があるのだ。その品格がゆとりを生み出し、ユーモアにつながってゆく。大げさでなく、気取りがなく、一見軽やかでありながら、心の深い一点にずしりと染み込んでくる。そういう作品ばかりが収められている。

例えば、「うすうす知ってた」。

二人姉妹の、妹の方が先に結婚が決まる。当然、姉の気持は穏やかではない。恋人もいない、冴えない事務員の姉の胸に、〃美しき毒素〃とも言うべき複雑な思いが湧き上がる。

ある晩、酔ってデートから帰宅した妹は、着替えもそこそこに布団に倒れこむ。その様子を姉は次のように観察する。〃ショーツはごく薄手の白いコットンで、それがあんまり小さいビキニだから、栄養のいい、つやつやした、剛情そうな縮れ毛が、おさえかねる勢いではみ出していた。……すべすべした褐色《かっしょく》の脚は、蹴る力も跳ねとぶ力も強そうな筋肉が張りめぐらされ、その付け根をふちどる飾り毛も、同じように意地強そうだった〃

嫉妬のあまり妹の恋人を寝取るよりも、彼女の縮れ毛を見つめる方がずっといやらしい。なおかつ人間くさくて可愛らしい。

姉はただ単純に妹を羨ましがっているのではない。外の世界から、今までかいだことのない新しい男の匂いが入り込んでくる事態に、ときめきを感じてもいる。その証拠に、誰かれ構わず「妹、結婚しますねん」と、自分の手柄のように告げたりする。と同時にそのときめきが行き場のないものであることも、認めている。だから「あんたも負けんように早う……」と冷や

かされると、無性に腹が立って、自分を持て余してしまう。

姉は妹を無視することもできず、意地悪もできず、もちろん男を誘惑する勇気もなく、ただ妹の縮れ毛を見つめている。

男は若さあふれる妹のそこに、おそらくもう触れただろう。見た目は決して麗《うるわ》しいとは言えない、むしろ無防備で滑稽《こっけい》なそこを、男は求めたに違いない。自分にそんな時が訪れるかどうか、姉は確信が持てずにいる。白いパンツの奥に広がる闇の濃さに、吸い込まれそうな気分に陥っている。しかもその気分を、〝前世からうすうす知ってたことのように〟感じている。

これら豊かな思い全部が、縮れ毛の描写に込められているのだから、とてつもない官能小説だと言わざるを得ない。

表題作「ジョゼと虎と魚たち」は脚の不自由な女の子と、貧しい大学生が知り合い、やがて結ばれるお話だが、その枠組みだけを聞いて、手触りのいい純愛物語を連想すると、見事に裏切られることになる。

主人公のジョゼは、自分の名をフランス風に勝手にそう変えているところからも分かるとおり、一筋縄ではいかない女性である。負けず嫌いの毒舌家。世間知らずの耳年増。願望と現実を平等に扱う、彼女なりのやり方で、不幸な生い立ちを受け入れている。大学生の恒夫《つねお》を完全に振り回し、気に入らないことがあると、呼吸困難を起こして抗議する。

脚が悪く、ほとんど社会の風に当らなかったせいか、〝旧家の蔵から盗み出してきた古い人

形〟〝ちまちまと小さいがよくととのった市松人形《いちまサン》〟を連想させるたたずまいで、あからさまな性の匂いは揮発しているように見える。ところが、そこが罠《わな》なのである。一度として汚いものを踏んだことがないかのような、か細く白い脚の奥に、生命のマグマを封じ込めた底なしの沼が潜んでいる。恒夫はそこにはまり込み、身動きが取れなくなる。

　しかしジョゼ自身は、自分の中に罠が隠れているなどとは思ってもいない。いくらテレビや本から仕入れた知識を駆使しようとも、知ったかぶりにも限度があり、結局は言葉を失って陶《とう》然《ぜん》となるのだった。

　それでいて二人のやり取りにはユーモアがにじみ出ている。ふとした瞬間にジョゼが見せる素直さは微笑《ほほえ》ましく、はっとするほどなまめかしい。

「恒夫さん。好きにしてもええねんデ。アタイのこと。何してもかまへんから」

「アタイ、好きや。あんたも、あんたのすることも好きや」

「ちゃう。嬉しすぎて機嫌悪なってんねん」

　そんな言葉をつぶやきながら、ジョゼは自分の沼に恒夫を導き入れる。一方で、「ドアの鍵、かけた？」などと現実的な心配もちゃんとしている。たとえ大好きな人と生まれて初めて結ばれようとする、人生最大の局面であっても、現実は小さな心配の積み重ねによって成り立っているのだと、ジョゼも恒夫も心得ているのだ。官能の瞬間に芽生えるユーモアを、二人仲良く共有している。

彼らは新婚旅行と称して九州へ旅に出る。恒夫に背負われ、海底水族館へたどり着いたジョゼは、昼か夜か、この世かあの世か分からない世界に、二人だけ取り残された気持ちになる。

死んだんやな、とジョゼは思う。

〃アタイたちは死んだんや〃

何の飛躍もなく、ごく自然に、その言葉が彼女の胸に浮かぶ。悲しんでいるのではない。愛する人と二人一緒にいる喜びが、究極にまであふれ、果てを突き抜けた時、そこにはあらゆる現実から解き放たれた地平が広がっていた。あまりにもそこは清明な世界で、自分が息をしていることさえ忘れてしまう。ジョゼは幸福の極みが死である、と気づいたのだ。

海底水族館の中で、死んだんやな、とつぶやくジョゼの唇を思い浮かべる時、私は自分まで恒夫と一緒に底なし沼に落ちてゆきそうな危うい心持ちになり、思わず深呼吸してしまうのだった。

「雪の降るまで」のヒロイン以和子《いわこ》さんは、ジョゼに比べるとうんと大人で、男の人と上手く付き合っている。いや、交わっていると言った方がいいかもしれない。結婚は望んでいない。経済的にも自立していて、一人の生活に満足している。

ただ平凡な日常に割り込んでくる男との交わりを、花火のように楽しんでいる。男の身体にすっぽりとはまり、男に煩悩《ぼんのう》をおこさせる声を出し、〃子宮の在《あ》りどこ〃を知って愉悦《ゆえつ》に浸る。

彼女が今付き合っている大庭《おおば》という男は、妻帯者であるが、そんなことは銀行の窓口で名前を

呼ばれるのと同じくらいの、日常茶飯事だと思っている。

なのに単なる遊び人でないところが、以和子さんの健気《けなげ》なところだ。彼女は一瞬の快楽をむさぼれる相手と出会えたことに、感謝している。その快楽はどこにもつながっておらず、一回一回完結したものであると十分に承知しているからこそ、なお一層淫靡《いんび》な行いに没頭できるのである。

今にも雪が降りそうな午後、看板もない、京都の古い料理屋の座敷で、以和子さんは思う。

〝まるで心中する前夜の男と女みたいや……〟

あるいは、

〝……大庭とのことは、会う片端から前世のように遠い過去になるのであった。死んだ未来まで一緒になる気はないのだ〟

と言い切る。

一方で相手の男大庭が、無邪気なほどにこれから先の二人の交わりについて、夢を語っているのがおかしい。違う時間の流れにいる二人が、それでも離れがたく、ひととき抱き合っている。そのことに気づいているのは以和子さんだけだ。賢い以和子さんの視点で書かれた小説だからこそ、官能とユーモアが共存できる。

未来の約束がない前世。これはたぶん、ジョゼが海底水族館で感じたのと同じことではないだろうか。以和子さんもまた、男を愛して死者になった。

ジョゼは恒夫に動物園へ連れて行ってもらい、虎を見る。好きな男ができたら、自分が一番怖いと思うものを見たい、とずっと願っていたからだ。ジョゼは身震いするほどの恐怖に包まれながら、恒夫にすがりつく。

こんな場面にも、それこそ身震いが起こるほどの官能が隠されている。ぼんやりした私がただ気づかないだけで、きっとそこにもあそこにも、官能的な世界は広がっているのだろう。だとしたら、まだまだ書かれるべき小説は残っているということだ。だから私もがんばって、小説を書くのだ。

恋をなくした時に読みたい本

①『ジャイアンツ・ハウス』エリザベス・マクラッケン
②『無伴奏』小池真理子
③『ぼくが電話をかけている場所』レイモンド・カーヴァー

恋をしている最中には、恋愛小説など読んでいる暇はないかもしれない。紙の世界のお話よりも、自分が今主人公になっている、現実の恋の方が、ずっと重要な問題だろう。あるいは、恋愛とは元々、当事者の妄想によって成り立っているのだから、恋をしている人は自分が作り上げた想像の物語に没頭している、と言える。つまり、恋愛は読書によく似ているのだ。

今回のテーマは〝恋をした時に読む三冊〟ということになっているが、本の言葉が真に心の奥底にまで染み込んでくるのは、恋が終わった時ではないだろうか。一番大事だったものが、自分の手を離れ、遠くへ去ってしまった時、二度と戻ってこない時間を思い、胸がうずく時、傍らに本があればきっと救いになるはずだ。ある物語は、ささやかな喜びに磨きをかけ、宝石

の輝きを与えてくれる。ある物語は、どんな痛みもそれを黙って受け入れた途端、豊かさに変わると教えてくれる。

エリザベス・マクラッケンの『ジャイアンツ・ハウス』（鴻巣友季子訳、新潮クレスト・ブックス）を手に取ったのは、帯の言葉に一目で心奪われたからだ。

〝わたしは司書、影のような。彼は少年、巨人症の〟

本書は人付き合いの苦手な、恋愛には無縁の堅物図書館司書ペギーと、十四歳年下で、とびきりノッポの少年ジェイムズが恋に落ちてゆく話である。

ジェイムズの身長が異様なペースでぐんぐん伸びてゆくのと対照的に、二人の心はもたもたとぎこちなく、しかし確実に寄り添い合う。その過程があまりにも切ない。ペギーが向けてくれる愛に応えるには、身長を伸ばす以外ないのだと信じているかのように、ジェイムズはどこまでも大きくなる。そしてその巨大な身長は、彼の命を蝕んでゆく。また彼女の方も、ジェイムズを思う気持に押しつぶされそうになりながら、クライマックスの場面で、突拍子もない大きな決断を下す。

恋をするのは苦しいけれど、やっぱり何て尊いのだろう。

『ジャイアンツ・ハウス』を本棚から取り出すたびにそう思う。

これとは正反対の意味で、恋の残酷さを描ききった小説が、小池真理子さんの『無伴奏』

(新潮文庫ほか)だ。『ジャイアンツ・ハウス』が、恋に臆病になっている時、背中を押してくれる小説だとすると、『無伴奏』は、恋が決して生易しいものではないことを、耳元でささやいてくる小説である。

世の中のすべてに反抗している、理知的で大人びた少女・響子が愛したのは、危険な魅力にあふれた大学生・渉だった。渉のそばにはいつも、親友・祐之介の姿がある。更に祐之介には、エマという名の愛らしい恋人がいる。

高校生と大学生の二組のカップル。これですんなりと物事はおさまるはずなのに、どこからか崩壊の予感が、ひたひたと迫ってくる。響子は、

〝……地面に穴を掘って、気が狂ったようにその名前を叫び続けていたい衝動にかられることがある〟

というような激しさで渉を愛してしまう。最後、取り返しのつかない結末が襲った時、彼女はそれこそ狂気の声で彼の名前を叫ぶが、その声はどこにも届かない。

読み終わった後、自分までが声をからし、へとへとになるまで泣いたかのような錯覚に陥る。「ああ、可哀相なお話」と思って涙ぐむのとは違う。恋をすることのむごさに恐れおののき、途方に暮れるのだ。

最後に取り上げたいのは、レイモンド・カーヴァーの『ぼくが電話をかけている場所』(村

上春樹訳、全集第3巻『大聖堂』所収・中央公論新社）なのだが、これは別に恋愛小説ではない。極端に言ってしまえば、アルコール依存症の男二人が、療養施設のポーチで、取りとめのない話をしているだけの小説である。二人はアルコールのせいで台無しにしてしまった人生を、どうにかして立て直そうともがいている。自分のためにというより、愛する人のためにゼロからやり直したいと切望している。

主人公の僕は、ポーチの階段にもたれかかり、ポケットから小銭を取り出して、ガールフレンドに電話しようと思う。

〝……彼女が出たらそう言おう。「僕だよ」〟

こんな短い一言で、一番大事なことを伝えられるのだから、やはり小説はすごい。恋をすることは素晴らしい。

内田百閒「件」　繰り返し織り直される布

　ロシア文学のドイツ語翻訳家、スヴェトラーナ・ガイヤーの生涯を描いたドキュメンタリー映画『ドストエフスキーと愛に生きる』の中に、忘れ難い一場面がある。タイプ打ちされた原稿の束を手に、スヴェトラーナが訳文を音読する。真向かいに腰掛けた、音楽家の友人がそれを聴き、気になる箇所について意見を差しはさむ。いくつか言葉がやり取りされたのち、彼女は原稿に訂正を書き入れる。そうやって一行ずつ、耳と手で、文章を練り上げてゆく。

　窓から差し込む光が二人の横顔を照らし、質素で小さな机の上にはただ、二人の声とペンを走らせる音だけが漂っている。小説の言葉とはこんなにも緻密に組み立てられているものなのかと、改めて思い知らされる。

　時折、粗削りで半ば破たんし、鼻もちならないのになぜか魅力的な小説に出合う経験をする。そういう作品はどれほど乱暴に見えても、文章の隅々に神経が張り巡らされている。綿密に荒く削られ、丁寧に破たんしている。しかし、文章自体が無神経な作品はどこか信用できない。結局は、見かけだけの薄っぺらなエネルギーを振りまいているにすぎない、という気がする。

　小説における言葉の美しさとはつまり、一文一文、一語一語に対する慎重さに尽きるのだ。

例えば、つむじ風のようなスピードで書かれた文章が、読む者を次々なぎ倒してゆく疾走感を生むわけではない。風を巻き起こそうと思ったら、一個一個、根気強く小石を積み上げ、途中、間違えたところをやり直し、崩れた箇所を修理しながら、空気の動きを微調整しなければならない。作業には、読者が味わう疾走感とは正反対の、足踏みの時間がうんざりするほどかかる。

同じ簡潔な一文でも、無意識にあっさり書かれたものより、混乱と逡巡の末にようやくたどり着いた文章の方が美しい。もちろん見た目には何も変わらない。途中の痕跡はきれいに消え去り、最初からこの姿でここに置かれていたのです、とでもいうようなさり気ない、しかし確固とした風情を漂わせている。にもかかわらず、やはり、残酷なほどに誤魔化しきれない違いが、そこにはある。何度もその一文に触れた、作者の指の体温が、言葉に奥行きを与え、そこにこだまする音の響きが美しさを生む。その美はこれ見よがしにこちらに迫ってくることなく、あえて美しいと名づけられることも求めないまま、言葉の連なりの陰に身を潜めている。

小説の難しさと面白さは、理屈を超越した世界を、論理的な文法を持つ言葉で表現しなければならない点にあると思う。インタビューを受ける時、この小説の発想はどこから来たのですか、とよく質問されるのだが、いつも答えに困ってしまう。頭で考えられる範囲を逸脱したところで、作者にもコントロールできない何かが起こった、としか他に説明のしようがない。

そして、頭の外側で発生した何かを、頭の中の言葉で書き写してゆく矛盾。この矛盾からは誰も逃れられない。もしかして世界のどこかには、言葉の論理に捕らわれず、感性だけで言葉

があふれ出てくるような天才が存在するのだろうか。けれどそんな天才の書いた小説が、傑作になるとは限らない気がする。言葉という道具の不自由さの前で立ちすくむ、書き手のためらいこそが、物語の密度を高めるのではと思うからだ。

　黄色い大きな月が向うに懸《か》かっている。色計《ばか》りで光がない。夜かと思うとそうでもないらしい。後《うしろ》の空には蒼白《あおじろ》い光が流れている。日がくれたのか、夜が明けるのか解《わか》らない。黄色い月の面《おもて》を蜻蛉《とんぼ》が一匹《ぴき》浮《う》く様に飛んだ。黒い影《かげ》が月の面から消えたら、蜻蛉はどこへ行ったのか見えなくなってしまった。私は見果てもない広い原の真中に立《た》っている。軀《からだ》がびっしょりぬれて、尻尾《しっぽ》の先からぽたぽたと雫《しずく》が垂《た》れている。件《くだん》の話は子供の折《おり》に聞いた事はあるけれども、自分がその件になろうとは思いもよらなかった。からだが牛で顔丈《だけ》人間の浅間《あさま》しい化物《ばけもの》に生まれて、こんな所にぼんやり立っている。

ためらいすぎて何も書けなくなった時、私はしばしば内田百閒を読み返す。件という化物を目の前に差し出す見事な手つきに、息を飲む。ことさら怖がらせようなどと意気込みもせず、誰一人目にした例しもないはずの化物を、ありのままに存在させている。ほとんど素直とさえ言っていい文章に弛みはなく、無駄も不足もなく、件の輪郭をくっきりと描き出している。

映画の中でスヴェトラーナ・ガイヤーは、テキスタイル（織物）とテキスト（文章）の語源

は同じラテン語であるとし、文学は言葉の織物だと語っている。「件」はまさに、丁寧に織り上げられた一枚の布だ。糸はしなやかで、目は緻密で、時間と体温の重なりが織り込まれ、思わずうっとりしてしまいそうなのに、そこに浮かび上がっている模様は毒々しい。

美しい文学は、読み手によって繰り返し解かれ、織り直される。そのたびごとに、糸の間に隠された秘密が発掘される。どうして今まで気づかなかったのだろうと不思議に思い、自分の迂闊さにあきれながら、その秘密を手にする時の喜びは、何ものにも代え難い。きっと作者自身でさえ、そこにそんな宝物が潜んでいるとは、気づいてもいないだろうから。

『きかんしゃ　やえもん』

これまでの人生で私が最も多くの回数、声に出して読んだ本は、間違いなく『きかんしゃ　やえもん』である。

夜、息子を寝かしつけるのに、これほどうってつけの絵本は他になかった。寝転んで持つのに丁度いい大きさで、主人公は男の子が大好きな機関車だ。

「さあ、もうねんねよ」

と私が言うと、息子は、これがなければどうしようもない、といった様子で『きかんしゃ　やえもん』を脇に抱えながら、布団に潜り込んできた。その時息子が着ていたちょっと大きすぎるパジャマと、『きかんしゃ　やえもん』の表紙の黄緑色が、今でもはっきりよみがえってくる。

老いぼれたやえもんは、ある日、煙突から火の粉をまき散らして火事を起こしてしまう。

〝やえもんを　たたいて、うごかないように　してしまえ〟

そう責め立てられた挙句、やえもんはくず鉄にされることになる。

ここのところで、息子は必ず泣いた。ラストは、博物館で新たな人生をスタートさせると十

分に分かっていながら、やえもんと同じようにポロリと涙をこぼした。そして子どもや小鳥と一緒に笑っている最後のページをめくり終わると、パジャマの袖《そで》で涙を拭《ふ》き、笑顔を浮かべて「おやすみなさい」と言った。

　これが私たち親子の夜の儀式だった。眠りに落ちる前のひととき、心配と悲しみと安堵と喜びと、たくさんの感情を味わうことが息子にとっては必要だった。眠りの世界は遠いけれど、自分はちゃんとママのそばにいる、ここにいて泣いたり笑ったりできる。それさえ確認できれば、夜の闇ももう怖くない。

　しかしこれほど『きかんしゃ　やえもん』にお世話になっていながら、著者が阿川弘之さんだと気づいたのは息子が絵本を卒業してからだった。やえもんは、著者を忘れさせるほどの温かい存在感を放っていたのだ。

十七歳ベスト3

こういう機会なので、小説の中で出会った、とんでもない十七歳のベスト3を勝手に選んでみた。

まず第三位は、『悲しみよ こんにちは』（フランソワーズ・サガン）のセシル。

「その夏、私は十七だった。そして私はまったく幸福だった」（朝吹登水子訳）

たったこれだけの文章だが、隅々に自信がみなぎっている。私は十七歳よ、と世界中に向かって宣言するような、太々しさがある。ただしセシルがランクインしたのは、父親が再婚しようとしている相手を死に追いやったからではない。それくらいの悪意なら、十三歳の女の子でも持っている。かつての私も持っていた。セシルがとんでもない理由は、もっと別のところにある。

夏休みを南仏の別荘で過ごし、早速大学生のボーイフレンドをこしらえ、宿題をしている様子もなく、カジノに出入りしたりお酒を飲んだりやりたい放題。その上パパはイケメンでお金持ちの自由人。

こんな十七歳がいていいのか。許されるのか。少なくとも私は許さないぞ。と、初めて『悲

しみよ こんにちは』を読んだ、ボーイフレンドも素敵なパパもいない、別荘も持っていない十七歳の私は叫んだのだった。

続いて第二位は、『白夜』（ドストエフスキー）のナースチェンカ。

最初、彼女が十七だとは気づかなかった。年増の女が若作りして、人付き合いの苦手な田舎者の若者に近づき、手玉に取っているのだろうと思い込んでいた。ところが、途中で正真正銘の十七歳だと知って驚いた。

とにかくこのナースチェンカ、運河で初めて出会った若者に向かい、こう言うのだ。

「……わたしに恋をしないでください……それは禁止です」（井桁貞義訳）

放っておけば、あなたはきっとわたしを好きになる、という確信がなければ出てこない台詞だ。何という思い上がりだろう。もし若者の趣味が全くの別方向だったら、大恥をかくではないか。一体どうやったらこれほど自分に都合のいい確信が持てるのか。私にはさっぱり分からない。

ところがだらしのないことに、若者は呆気なく恋に落ちてしまう。二十六歳にもなって、女性と満足に口をきいた経験もない彼であるから、仕方がないとも言える。見慣れた建物を知り合いに見立て、心の中で会話を交わしているありさまなのだ。夢想によって自らを慰め、鼓舞し、夢想の帝国を築いてその中に閉じこもっている。そんな男に向かって「恋をしないでください」と言うのは、恋の蟻《あり》地獄へ引きずり込むのも同様であろう。

案の定、ナースチェンカは若者を散々振り回すことになる。実はナースチェンカには、遠くに暮らす想い人がいる。その恋人と結ばれるよう、裏方での協力を若者に要請する。若者は忠実に役目を果たす。しかしその想い人が現れないと見るとすぐさま、彼女は若者に乗り換え(好きになるなと言っていたのに)、二人で暮らす夢を語る。そうして若者を有頂天にさせたうえで、恋人が現れた途端、寝返る。

こんな身勝手な十七歳がロシアのどこかにいると思うと、自分が随分、誠実な人間に思えてくる。

最後、第一位は、『枯葉の寝床』(森茉莉)のレオ。

前掲の少女二人の十七歳がどちらも図太い生命力の持ち主だったのにくらべ、少年レオははかない最期を迎える。大人の〃肉慾の爪〃に捕らえられ、命を奪われ、枯葉の寝床に埋葬される。

レオの本名は山川京次。このあまりに日本的な名前を捨てさせ、レオと名付けたのは、ギラン・ド・ロシュフコオという、フランス人貴族の血を引く三十八歳の作家である。レオは成城学園の生徒だが、学校へはほとんど通わず、もっぱらギランと二人、濃密な時を共有している。

「ギランの愛撫の下で、稚いミケランジェロの「奴隷」は、のたうち、かすかに呻き、荒い翼の音の下で小鳥の翼は折れ、戦《おのの》き、鋭い嘴《くちばし》の音の間々に、レオの短い、呼吸《いき》づかいが、混った」

今、二人の体はどんな位置関係になっているのか。一体レオはどうなっているのか。想像を巡らせようとしてもなぜだか上手くゆかず、ただレオの生温かい息遣いが、途切れ途切れに聞こえてくるばかりだ。

可哀相にレオは、もう一人の男オリヴィオに誘拐され、鞭で打たれ、そのことに嫉妬したギランはとうとう我慢できなくなって……。あらすじを説明しようとすると嘘っぽくなるが、間違いなく小説の中にレオは生きている。

ギランから永遠の愛を捧げられるレオは、どれほどの美少年だったのだろう。油断しているとつい、少女には厳しく、少年には甘くなってしまう。

平然とした文学

大手饅頭《まんじゅう》を食べるといつも内田百間を思い出す。さまざまな作品の中で、百間はその岡山銘菓について書いている。昭和二十一年二月二十七日の日記には、〈昨夜も亦大手饅頭の夢を見た。一生の内に大手饅頭の夢を何十遍見るのだろう〉とある。あるいは阿房《あほう》列車の道中、岡山駅に三分停車するのを見計らい、幼友達がお土産にどっさりそれを持って現れた時は、〈饅頭に圧し潰されそうだが、大手饅頭なら潰されてもいい〉と記している。

思い出の中にある故郷を大事にするあまり、恩師のお葬式以外、岡山には帰らなかった百間であるから、ネットショッピングも宅配便もない時代、なかなか食べるチャンスがなかったのだろう。だから私は、素っ気ない見た目とは裏腹な奥深い甘みをかみしめながら、遠い親戚のおじさんに語りかけるような口調で、ああ、百間さんにも食べさせてあげたい、とつぶやいてしまうのだ。

百間の生家、造り酒屋の志保屋と、自分の生まれ育った家が近所だったと知った時は驚いた。当時、既に志保屋の面影を残すものは何もなく、文学碑が建っているわけでもなかった。毎日その前を歩いて小学校へ通い、お腹をこわすとその向かいにある医院で診てもらっていた、何

の変哲もないあの一画が、実は意味深い場所だと知ったのは、百閒の文学に触れたあとだった。そんな大事なことを、なぜ大人たちは誰も教えてくれなかったのかと、今更ながら文句を言いたい気分である。

しかしいくらこちらが親愛の情を抱いても、百閒の文学はあくまでも平然としている。浮ついた感情からは最も遠いところにある。

例えば、遠ざかる父の声に耳を澄ましながら、土手の腹に映る自分の影を眺める『冥途』の〝私〟。何一つ予言を口にできないまま、群衆の中に息子を探す化物《ばけもの》、件《くだん》。あるいは、レコードから漏れてくるサラサーテの声に、思わず返答する未亡人。彼らはこの世の縁に取り残され、足元に広がる暗闇の深さに立ちすくんでいる。涙を流してもいる。しかし決して、興奮したり、息まいたり、同情を求めたりはしない。百閒は何の解釈も加えず、辻褄《つじつま》を合わせることもせず、ただひたすら彼らを描写するだけだ。この世のどこかにあるらしい、百閒以外には見えない風景を、彼の鋏《はさみ》で切り取ってゆく。そのひんやりとした鋏の音が、ページの中から聞こえてきそうな気がする。

そう言えば百閒がお父さんからたった一度だけ叱られたのは、お母さんの八雲琴の絃を鋏で切った時だった。後年、同じその鋏を、硬すぎるカツレツをじょきじょき切るのに使っていたらしいが、百閒ならそれで、土手や件やサラサーテの盤を切り取るのも、お安いご用だろう。

百閒の作品はストーリーで記憶しても意味がない。一つの場面、短い会話、一瞬の光景が、

脳の中に結晶のように埋まってゆく。むしろ話の本筋とはずれたところがいびつに増殖したりする。更にこちらを戸惑わせるのは、それらの結晶が勝手にくっつき合い、新たな物質となって記憶に刻まれることだ。

私の中で化物の件は土手を歩いている。その目は、いつか少年が造り酒屋の敷地に松脂《まつやに》を埋めてこしらえた、臭い琥珀《こはく》でできている。薄暗い土手の下を、蝶蝶《ちょうちょう》が飛んでいる。馬の腹の下から向こう側へ抜けたと思ったら、それはいつの間にか風にめくれる「馬太《マタイ》伝」になっている。風に乗って、チゴイネルヴァイゼンが流れてくる……。

どれでもいい、内田百閒の全集を一冊手に取り、ぱらぱらめくっている時、自分の頭の中にあるこのお話が、どこかから現れ出てくるのではと思い、ひやりとする。

なつかしい一冊
『トニオ・クレーゲル　ヴェニスに死す』（トーマス・マン著／高橋義孝訳）

新型コロナウイルスのために封鎖されたヴェニスの様子をニュース映像で目にした時、トーマス・マンの『ヴェニスに死す』を読み返したくなった。無人の回廊、風になびくカーニバルの名残の旗、黒いシートを被《かぶ》せられたゴンドラ。そうした風景から、黄ばんだ文庫本の一ページ一ページが、よみがえってくるようだった。

大学生の頃、「ベニスに死す」を観に行った高田馬場の映画館で痴漢に遭い、途中で帰らざるを得なくなった。ひどく気分が悪く、堂々と抗議できなかった自分に腹も立ち、むしゃくしゃした心を鎮めるために、早稲田通りの古本屋さんで原作の文庫本を買った。今でも手元にあるそれには、裏表紙に鉛筆で¥１００と書いてある。

映画では、ビョルン・アンドレセン演じる少年の美しさが印象深いが、改めて小説を読むと、冒頭からラストまでを覆いつくす濃い死の気配に圧倒される。最初の一文に既に、〝数カ月にわたってヨーロッパに深刻な危機的様相を与えた一九……年春〟という、暗示的な記述がある。さらに主人公のアシェンバハが旅に出る決心をしたのは、散歩の途中、墓石工場で出会った見

知らぬ男に、にらまれたのがきっかけだった。まさに死の世界からの使者に導かれた、と言える。

ヴェニスの空気はよどみ、入江からは何かが腐ったにおいが立ち上っている。ゴンドラはまるで棺《ひつぎ》のように波に揺られている。やがてそこに薬品めいたにおいが混じりはじめ、どこからともなく、〝例の病気〟というささやき声が聞こえてくる。街には、二、三日のうちに交通が遮断されるとの噂《うわさ》が流れる。

そんな中アシェンバハは、〝ものの根源と神々の誕生とについて物語る詩人の言葉のよう〟に美しい少年に魅入られ、死の渦中へと足を踏み入れてゆく。アシェンバハには、ポーランド人の少年の喋《しゃべ》っている言葉が分からない。名前さえはっきりとは聴き取れない。少年を追う彼は、意味の通じる言葉によって整えられる以前の、原始の世界を見ている。神々の言葉を通訳する詩人の声に耳を澄ましている。そこがこの世ならぬ場所であると、もちろん、彼は気づいていただろう。

ひたひたと迫ってくる疫病の前で、無力に立ちすくむアシェンバハの姿を、誰も哀れと言って切り捨てることはできない。優れた文学は必ず、作家の意図を超えて未来とつながっている。そのことを今、証明している小説だ。

小説を読んで、わけが分からない、とつぶやきながら表紙を閉じることは、よくある。分からない、と、つまらない、が同じ意味で使われたりもする。ぴんとこない、退屈、共感できない、認めない、意味不明……。さまざまな言葉で芸術は否定される。

若い頃は、私もそうだった。自分が一番の基準だった。理解できない、と感じた時点で扉を閉ざし、自分とは無関係なものと決めつけていた。

しかし、三十年、小説を書いたり読んだりしているうち、分かるか分からないかにこだわるのは、実にもったいない、と思うようになった。自分が理解できる範囲などたかが知れている。その狭い枠にとらわれるのは、せっかくの自由を自ら放棄するのに等しいのではないか。ちっぽけな私の存在を超えた、広大な世界に足を踏み入れなければ、真実にはたどり着けないはずだ。そう感じる場面が多くなった。

例えば、顔の見えないところで、誰かが誰かを全否定している。相手への敬意のかけらもなく、罵りの言葉を浴びせかける。自分の価値観だけを物差しにして、他者を容赦なく切り捨ててゆく。せっかく便利な道具を発明しても、結局、人間の愚かさが露になっただけのような気

がして、〃ツイッター炎上〃のニュースを目にするたび、気分が暗くなる。
そういう時代だからこそ、分からなくて当然なのだ、と自らの未熟さを認めることが大切な気がする。分からないところからはじめれば、一気に視界は広がる。理屈で取り繕えない、人間の心の混沌に潜ってゆける。そもそも理屈から自由になるために、文学は生まれたのだ。

人間の混沌について考える時、いつも私はホロコースト文学を思い浮かべる。ウィーン生まれの精神医学者V・E・フランクルと、トリノ生まれの化学者プリーモ・レーヴィ。ナチスドイツの強制収容所から救出された二人は、その体験を記した著書の中で、ほとんど同じ意味合いの文章を残している。

〃すなわち最もよき人々は帰ってこなかった〃（『夜と霧』霜山徳爾訳）

〃最良のものたちはみな死んでしまった〃（『溺れるものと救われるもの』竹山博英訳）

相談したはずもないのに、なぜ彼らは、自らが生き残った事実を、罪悪感に満ちた言葉で表現するのか。糾弾されるべき迫害者ではなく、犠牲者であるはずの自分たちを、最もよき人々、最良のものたち、の対極に置くのか。

レーヴィははっきり、恥辱という言葉を使っている。生きるに値する誰かの地位を、自分は奪ったのかもしれない、実際には殺したのかもしれない、とさえ書いている。ここに、生き残った喜びは見出せない。ただ、答えのない問いを自らに突きつける苦悶の声が響いてくるばかりだ。

二人は、ともに科学的な学問を修めた知識人だった。どの著作においても、強制収容所での体験を、感情に溺れず、冷静に描写している。そういう彼らだからこそ余計に、善人と悪人、被害者と加害者、生者と死者を、きちんと論理的に区別できない現実に苦しんでいる。善が正しく、悪は裁かれる。加害者は被害者に謝罪する。生と死には境界線がある……。こんなふうに単純に割り切れたら楽なのに、現実は全く違っている。強制収容所の中では善悪の価値観など意味をなさず、本来罪を償うべき人々は都合のいい言い訳に逃げ込み、命以外のすべてを奪われた被害者たちが、報われないままに、死者に謝罪している。

何という混沌だろう。救われるべき人が、なぜ真に救われないのですかと、抗議したい気持になる。けれど一体誰に向かって抗議すべきなのか、見当もつかない。何より、いくら問いかけても、どこからも答えは返ってこない。

あるいは、迫害者たちもまた混沌を抱えていた。罪もない人々をガス室に送りながら、一方では芸術やスポーツを愛する、よき夫、よき父親だった。戦後の裁判では、ただ上からの命令に従っただけだ、と言い訳した。あなたにも子どもがあるのに、なぜ幼い子を殺せたのかと問われ、表情も変えず、ユダヤ人だったから、と答えた。

ホロコースト文学を読むのは、答えのない沈黙に耳を澄ませるのと等しい。理屈が通らない理不尽さに耐えなければ、彼らの声は届いてこない。分からない、の一言で済ませてしまったら、強制収容所を生き延びた人々に、更なる苦痛を与えることになる。分からない場所にこそ、

本当に知らなければならない真実が潜んでいる。

フランクルとレーヴィの著作を読んで、もう一つ印象深いのは、強制収容所にパンやスープ以上の安らぎ、救いがあった事実だ。ある早朝、雪の中を収容所から作業場まで行進する途中、フランクルは朝焼けの空を見上げ、そこに妻の面影を感じ取る。

〝私は妻と語った。私は彼女が答えるのを聞き、彼女が微笑するのを見る。私は彼女の励まし勇気づける眼差しを見る――そしてたとえそこにいなくても――彼女の眼差しは、今や昇りつつある太陽よりももっと私を照らすのであった〟（『夜と霧』）

この時フランクルは、かつて外の世界で、思想家や詩人を通して出会った愛というものの意味を、真に実感する。彼女が目の前にいるかいないかなど問題ではなく、愛する人の面影に自分を捧げることで、清らかな幸福を得られるのだと悟る。

ここにも大いなる矛盾がある。世界で最も悲惨な場所で、最も純粋な愛が生まれた。しかも、後に分かるのだが、その時既に妻は亡くなっていた。目に見えないものと心を通わせる。この理屈を超えた境地が、彼を死の淵から救い出した。強制収容所を生き延びるためには、パンとスープだけでは足りなかったのだ。

『夜と霧』で最も有名な場面の一つ。労働で疲れ果て、バラックの土間に横たわっていると、一人の仲間が飛び込んでくる。日没の美しい光景を見逃させまいとして、皆を点呼広場に誘う。彼らは暗く燃え上がりながら、様々な色と形に変化する雲を見る。荒涼とした収容所の水溜り

に、燃える空が映っているのを見る。感動の沈黙のあと、誰かがこう尋ねる。

「世界ってどうしてこう綺麗なんだろう」

やはり答えはない。誰も答えなど求めてはいない。ただ眼前の、何ものにも損なわれない、たとえナチによっても、奪われない美しさに向かって、頭を垂れるだけだ。感動する心で、死の恐怖に抵抗した彼らの姿は、夕焼けと同じように美しい。

更に、強制収容所には、文学も存在した。レーヴィは、『これが人間か』の中で、収容所に吟遊詩人がいたことを、書き残している。冬の夜、バラックの小扉から、吟遊詩人はこっそり入ってくる。彼が寝台に腰を下ろすと、周りに小さな輪ができる。イディッシュ語の自作の四行詩が、次々披露される。皆、熱心に耳を傾ける。気前のいい聴衆は、一つまみのたばこや縫い糸を、お礼に差し出す。

私は、勝手にその場面を想像する。粗末な寝台、冷え切った空気、頼りない灯り。男たちはみな痩せこけている。バラックの中に、吟遊詩人の声が静かに響く。それは、彼ら一人一人の心を揺さぶる。もっと近くで聴こうとして、彼らは体を寄せ合う。ほんのひととき、死が遠のく。

人間としての尊厳をすべて奪われ、飢えて疲れ果て、明日ガス室へ送られるかもしれない人々が、詩を求める。何という奇跡だろうか。寝台に集まった彼らは、人間の精神の尊さを証明している。

もちろん、収容所に本はなかった。しかし、記憶に刻まれた本は、安全に保存された。ある日レーヴィは、配給のスープの大鍋を、ストラスブール出身のジャンと一緒に運ぶ。その相棒がイタリア語を習いたいと思っているのを知り、ダンテの『神曲』から、オデュッセウスの歌を暗唱する。所々、記憶はあいまいで、自信のない一節もあったが、とにかく貴重な時間を慈しむように、彼は語る。ジャンは、耳を澄ましている。そして、次の一節に来た時、

〝きみたちは自分の生の根源を思え。
けだもののごとく生きるのではなく、
徳と知を求めるため、生をうけたのだ。〟

レーヴィは、神の声を聴いたような錯覚に陥る。一瞬、自分がどこにいるかを忘れる。ジャンもまた同じ気持でいる証拠に、同じ一節を繰り返してほしいと、レーヴィに頼む。

それは、中世の時代から、遠い時間を経て強制収容所に届いた、レーヴィとジャンのための言葉だった。彼らが決して孤立しておらず、人間らしさをいまだ失っていない事実を宣言するための、言葉だった。

懲罰のため、一日の絶食が課せられ、皆が不機嫌に沈んでいる夜、フランクルは同じバラックの仲間のために、ある一人の囚人の話をする。

〝すなわち彼は天に、彼の苦悩と死が、その代りに彼の愛する人間から苦痛にみちた死を取

り去ってくれるようにと願ったのである。この人間にとっては苦悩と死は無意味なのではなくて……犠牲として……最も強い意味にみちていたのである〟

この話を聴いた仲間たちは、目に涙をため、よろめきながらフランクルに近寄ってきた。感謝を言うために。

〝彼〟は助けて下さいと祈るのではなく、もっと苦しませて下さい、と祈った。自分が苦しめば苦しむほど、愛する人が助かるのだから、自分の苦悩には意味がある、と信じた。理屈は通らなくても、深く納得できる。論理的でないからこそ、そこに真の救いがある。

究極の場所である強制収容所で、自然や、信仰や、文学が、命をつなぐために、いかに重要な役割を果たしたか、思い知らされる。強制収容所では、これさえ守っていれば殺されない、というルールが存在しなかった。外の世界の価値観が、何一つ通用しない世界だった。そういうなかにあって、自然の美に感動し、神にひざまずき、言葉の力に励まされた人々は、間違いなく精神の気高さを保っていた。頭で考えれば、夕焼けも神曲も、お腹の足しにはならない。しかし、理屈を超越し、心の働きを見失わなかった人々は、最後まで人間でいられた。

強制収容所の人々にも文学が届いた、という事実は、私を励ましてくれる。改めて文学に誇りを感じる。死を目の前にした人に、なお喜びを与えるような作品を、自分も書かなければならない、と思う。ずいぶん途方もない願いだが、書いても書いても、到底分かりきれない人間の心の奥深さに怯むことなく、一字一字、書いてゆくしかない。自分が死んだあとも、書き記

した言葉が残り、私の知らない誰かの耳元に届いて、心がつながり合うのだとしたら、どんなに遠い道のりでも、一字一字、歩んでゆく意味はある。

何度読み返しても、読み終わったと思えない小説だ。だからいつも手の届く場所に置いて、ふとした時にまたページをめくることになる。

しかし、物語から拒まれているわけではない。全くその逆なのだ。一行めを読むだけで、たちまち西瓜糖《すいかとう》の世界に舞い戻れる。懐かしい気持にさえなる。

たった一枚の、音のする板を踏んでしまうマーガレット、水中に立つ蟋蟀《こおろぎ》の彫像、狐火に照らされる川底のガラスの柩《ひつぎ》、埋葬を見守る堂々たる長老鱒、西瓜板をプレスする機械にぶら下がる蝙蝠《こうもり》たち、西瓜鎖の先で揺れながら綺麗な音楽を奏でる鈴、西瓜種子インクで書かれた言葉たち……。

そうしたもろもろが私を出迎えてくれる。西瓜糖の香りが、どこからともなく控えめに漂ってくる。何もかもが馴染み深いはずなのに、ページから浮かび上がる情景があまりにもくっきりとしているためだろうか、新鮮な驚きに打たれる。言葉を追っていながら、自分は言葉を読んでいるわけではない、西瓜糖の情景を一つ一つ訪ね歩いているのだと気づき、思わず立ちすくんでしまう。

これほど言葉から自由に解き放たれている小説を、他に知らない。あらすじや構造やテーマなどとは無縁。言葉たちはみな、意味という重荷を脱ぎ捨て、初めて人の口から発せられた時の、ほとんど吐息と区別がつかない響きのみをまとい、西瓜糖の世界のそこかしこに潜んでいる。そしてその響きの中に、思いも寄らないイメージを映し出す。意味を突き抜けた先で、言葉はこんなにも魅惑的な振る舞いをしているのかと、うっとり見とれるような光景が、次々立ち現れてくる。

光を放つ子どもたちの墓の上を蛾が飛び交い、それを老いた鱒が捕まえる。西瓜鱒油をびっしょりとかけられ燃やされる虎の上に、人々が花を投げる。死んだマーガレットの部屋が、黒色の、無音の砂糖で作った西瓜煉瓦で閉ざされる。

私も西瓜糖の言葉で書けたらいいのに、と思う。西瓜種子インクにペンを浸し、甘い匂いのする木の薄片に、一文字一文字、時間をかけて書いてゆくのだ。それはきっと素晴らしい小説になるだろう。他のどんな本にも描かれたことのない世界を隠し持つ、永遠に読み終わらない小説だ。

そんな夢を見ながら、私は再び『西瓜糖の日々』を開く。

あとがき

本書はこれまで、さまざまな機会に書いたエッセイを一冊にまとめたものです。改めて読み返してみると、エッセイとは本当に難しいものだ、と感じます。思い出話もあれば、読んだ本の感想もある。妄想もあれば、半分小説なのかという話もある。手芸、ジョギング、ミュージカル、老化、映画、小鳥……。話題はあれこれ出てきますが、どれも平凡な日常生活での出来事ばかりです。自分がいかにささやかな毎日を送っているか実感させられます。

敬愛する名文章家、内田百閒の随筆は、余計な飾りなど一切つけず、ありのままに出来事を差し出したにもかかわらず、なぜか深みのあるユーモアとともに人間の本質が映し出されています。一字一句にどれほどの精力を傾けたかと思うのですが、そんな様子はみじんもなく、まるでうたた寝をしている間に自然と書けてしまった、そんな気配さえ漂わせています。

内田百閒にはとてもかないませんが、少しでもそんな境地に近づければ、とタイトルに〝うたた寝〟という言葉を使いました。しかし百閒が何事にも動じない堂々とした、〝ふてぶてしいうたた寝〟であるのに比べ、私はどう考えても〝遠慮深いうたた寝〟といったあたりが適当でしょう。

本書を編むことは、文学が自分の生活、人生をどれほど大事な部分で支えているか再確認する作業でもありました。題材はさまざま異なっていても、どのエッセイも結局は文学のない世界では生きられない、ということを告白しています。実際には味わえない体験、自分とは異なる誰か、この世にはいない死者、そういうものたちへの想像力が、現実の私の救いとなってくれているのです。そんなことはもう十分に分かっているつもりでしたが、自分の書いた文章を、少し時間をあけて読み返してみると、その分かったつもりの輪郭がよりくっきりと浮かび上がり、こちらに迫ってくるようでした。

さて、『遠慮深いうたた寝』は、今も続く神戸新聞でのエッセイの連載のタイトルを、そのまま使わせていただいたものです。既に十年近く続いている連載で、ほとんど生活の一部となるほど体に馴染んでいます。神戸新聞の歴代の担当者の方々に、御礼を申し上げます。

また、各々のエッセイにつき、収録をご快諾下さった皆様、そして、それらを一冊の愛らしい本の形にして下さったデザイナーの名久井直子さん、陶板画の制作者、上出恵悟さん、ありがとうございました。更には、本書を企画し、これだけのエッセイを集め、整理し、編集するという気の遠くなるような作業をして下さった、河出書房新社の東條律子さん。東條さんのお力がなければ、とてもここまで到達することは不可能でした。心からの感謝を捧げます。

最後になりましたが、本書を手に取って下さった読者の皆様。たとえ直接お会いする機会はなくても、本の向こう側にいらっしゃる方々の存在が、いつでも私の一番の励ましです。

二〇二一年、夏の終わり

小川洋子

初出一覧

Ⅰ　遠慮深いうたた寝　「神戸新聞」連載二〇一二年一月七日〜二〇二一年四月三日

Ⅱ　手芸と始球式

手芸と始球式　「桑兪」第八号　二〇一一年六月

指と果物　「暮しの手帖」二〇一〇年十二―一月号

私に必要な忍耐　「文芸ポスト」二〇〇七年　冬号

欠航と化粧品と号泣　「ジャフメイト」二〇一九年五月号

二つの日付　「週刊文春」二〇〇九年十二月十七日号

素数は私を裏切らない　「文藝春秋」二〇一一年三月号

小石を拾いに　「新潮」二〇一三年五月号

秘密の友情　「本の旅人」二〇一三年二月号

到来――はるか遠くの美味しさ　「読売新聞」二〇一三年四月五日（夕刊）

ふと――つい使いがちな「毒」　「読売新聞」二〇〇九年六月十九日（夕刊）

好きなもの　「毎日新聞」二〇〇六年六月二十五日

細分化　「群像」二〇〇七年六月号

下柳投手の住所　「田辺聖子全集　23」二〇〇六年一月

行列からはみ出す　「日本経済新聞」二〇〇六年七月十六日

学校の行き帰りに通る本屋さん　「週刊読書人」二〇〇七年一月五日

幻の野球観戦　「ＰＨＰ」二〇一九年三月号

III　物語の向こう側

千刈さんの指　「小説宝石」二〇〇七年六月号
二次会へ　「文學界」二〇一四年三月号
川と私　「高梁川」第六十五号
フーヴォー村の小学校　「中等教育資料」二〇〇六年七月号
他人の記憶を自分の物語に　「読売新聞」二〇一〇年一月十四日（夕刊）
図鑑と空想　「IN POCKET」二〇〇七年四月号
最果てはどこにある　「本」二〇一二年七月号
言葉と小鳥　「一冊の本」二〇一二年十一月号
琥珀の完璧な王国　「本」二〇一五年十月号
忘却の地層へ　「神戸新聞」二〇一六年三月十九日
『小箱』をめぐる旅　「一冊の本」二〇一九年十月号
骨抜きのジョギング　「群像」二〇一二年一月号
この夏　「読売新聞」二〇二〇年八月三十日

IV　読書と本と

官能とユーモア　田辺聖子『ジョゼと虎と魚たち』「小説現代」二〇〇五年十月号
恋をなくした時に読みたい本　「本が好き！」二〇〇六年七月号
内田百閒「件」　繰り返し織り直される布　「群像」二〇一七年一月号
『きかんしゃ　やえもん』「ＰＨＰ　のびのび子育て」二〇一三年九月号

十七歳ベスト3　「すばる」二〇一七年新年号
平然とした文学　「山陽新聞」二〇一九年三月十四日
なつかしい一冊『トニオ・クレーゲル　ヴェニスに死す』（トーマス・マン著／高橋義孝訳）「毎日新聞」二〇二〇年六月六日
答えのない問い　「立教百六十年　平成から令和の時代に思うこと」二〇一九年十二月
私の偏愛書　リチャード・ブローティガン『西瓜糖の日々』（藤本和子訳）「すばる」二〇二〇年一月号

＊収録にあたって一部エッセイは改題しました。

小川洋子

（おがわ　ようこ）

1962年、岡山県生まれ。早稲田大学第一文学部文芸専修卒業。88年「揚羽蝶が壊れる時」で海燕新人文学賞を受賞し、デビュー。91年「妊娠カレンダー」で芥川賞を受賞。2004年『博士の愛した数式』で読売文学賞、本屋大賞、『ブラフマンの埋葬』で泉鏡花文学賞、06年『ミーナの行進』で谷崎潤一郎賞、13年『ことり』で芸術選奨文部科学大臣賞、20年『小箱』で野間文芸賞、21年菊池寛賞を受賞。その他の著書に『薬指の標本』『猫を抱いて象と泳ぐ』『人質の朗読会』『琥珀のまたたき』『不時着する流星たち』『約束された移動』などがある。

JASRAC 出2108192-101

遠慮深いうたた寝

二〇二一年一一月三〇日　初版発行

二〇二二年　三　月三〇日　3刷発行

著　者——小川洋子

装　丁——名久井直子

装　画——上出惠悟

発行者——小野寺優

発行所——株式会社河出書房新社

〒一五一－〇〇五一

東京都渋谷区千駄ヶ谷二－三二－二

電　話——〇三－三四〇四－一二〇一［営業］

〇三－三四〇四－八六一一［編集］

https://www.kawade.co.jp/

組　版——株式会社創都

印　刷——三松堂株式会社

製　本——加藤製本株式会社

ISBN978-4-309-03003-6

Printed in Japan